续爱的教育

（意）孟德格查 著
夏丏尊 译

中州古籍出版社
·郑州·

图书在版编目（CIP）数据

续爱的教育/（意）孟德格查著；夏丏尊译. -- 郑州：中州古籍出版社，2016.9
ISBN 978-7-5348-6513-8

Ⅰ.①续… Ⅱ.①孟… ②夏… Ⅲ.①儿童文学—日记体小说—意大利—近代 Ⅳ.①I546.84

中国版本图书馆CIP数据核字（2016）第180964号

续爱的教育

出 版 社：中州古籍出版社
（地址：郑州市经五路66号　邮政编码：450002
电话：0371-65788808　65788179）
出 品 人：张存威　赵学军
策划编辑：吴　浩
责任编辑：唐志辉　翟　楠
发行单位：新华书店
承印单位：河南新华印刷集团有限公司
开　　本：640mm×960mm　　1/16
字　　数：125千字　　　　　印张：10.75
版　　次：2016年9月第1版　印次：2017年1月第2次印刷

定价：25.00元
本书如有印装质量问题，由承印厂负责调换。

关于"昨日书林"

民国时期正是中西方文化发生激烈碰撞的时期，这种碰撞造就了一批民国的学术大师。这批学术大师肩负起了引进、探究西方文化和整理、继承中国文化的双重使命，起到了承前启后的关键作用。他们给我们留下来大批具有较高价值的著作，虽然历经岁月洗磨，至今仍熠熠生辉。

出于种种原因，这些著作，有的版本繁多，内容不一；有的久不再版，以致一书难求；有的泯于历史，销声匿迹。有鉴于此，我们组织出版了"昨日书林"这套丛书，将这些经典著作重新发掘、整理出来，推荐给读者。

丛书名曰"昨日书林"，即有"昨日"与"书林"两层含义。所谓"昨日"，概指收录图书的时间范围。丛书所收录图书的作者是在某一方面有特长的专家、学者，并且主要活跃于民国时期。这里所说的民国时期是指1911年～1949年。然而一些著作的成形，可以追溯至1911年之前若干年，或者延伸至1949年之后若干年，因其有独特的地位和价值，亦酌情收录。而"书林"二字，本来有"丛书"的意思，这里亦指那些经久不衰、卓然于普通图书的民国经典著作。

"昨日书林"首批计划选取民国经典著作200种,大致分为两种方式出版:一种是横排简体,一种是原版影印。其中横排简体部分又分为社科、文艺和译著三类。原版影印主要选取金石、图录等具有一定史料价值和收藏价值的著作。

我们的发掘、整理工作,正如沧海拾珠,虽不免有遗珠之憾,但至少有拾珠之得,可以积少成多。希望经过我们的努力,"昨日书林"这套丛书能成为一座靠近民国大师、品味经典著作的桥梁。

编者

译者序

亚米契斯的《爱的教育》译本出版以来，颇为教育界及一般人士所乐阅。读者之中，且常有人来信，叫我再多译些这一类的书。朋友孙俍工先生亦是其中的一人，他远从东京寄了这日译本来，嘱我翻译。于是我发心译了，先在《教育杂志》上逐期登载。这就是登载完毕以后的单行本。

原著者的事略，我尚未详悉，据日译者三浦关造的序文中说，是意大利的有名诗人，且是亚米契斯的畏友，一九一○年死于著此书的桑·德连寒海岸。

这书以安利柯的舅父白契为主人公，所描写的是自然教育。亚米契斯的《爱的教育》是感情教育，软教育，而这书所写的却是意志教育，硬教育。《爱的教育》中含有多量的感伤性，而这书却含有多量的兴奋性。爱读《爱的教育》的诸君，读了这书，可以得着一种的调剂。

学校教育本来不是教育的全体，古今中外，尽有幼时无力受完全的学校教育而身心能力都优越的人。我希望国内整千万无福升学的少年们能从这书获得一种慰藉，发出一种勇敢的自信来。

刊开明书店版《续爱的教育》

一九三○年二月

目 录

第一 ··· 1
  一 安利柯的失败 ·· 1
  二 去吧 ·· 3
  三 自然的怀里 ··· 5
  四 大海洋襟怀的舅父 ································· 6

第二 ··· 9
  一 舅父的学校 ··· 9
  二 拉普兰特产的大麦 ································ 11
  三 犬麦 夏水仙 石刁柏 ··························· 13

第三 ··· 16
  一 远足与舅父的追怀 ································ 16
  二 决心 ··· 20
  三 善行历的做法 ······································ 22

第四 ··· 31
  一 犬与人 ··· 31
  二 英国的孩子是不哭的 ····························· 34

第五 ········ 37
    一 舅父的感慨 ········ 37
    二 糊涂侯爵的故事 ········ 39

第六 ········ 43
    一 什么是作文题 ········ 43
    二 这才是作文的好题目 ········ 44
    三 想吹熄太阳的小孩 ········ 46

第七 ········ 48
    一 种诗的人 ········ 48
    二 全世界的纪念 ········ 50
    三 珍重的手帕和袜子 ········ 51

第八 ········ 54
    一 纪念的草木 ········ 54
    二 解语的草木 ········ 55
    三 美丽的塞尔维亚 ········ 57
    四 威尼斯的金币与牻牛儿 ········ 58
    五 可爱的耐帕尔柑与深山之花 ········ 62
    六 "猪肉馒头"与悲壮的追怀 ········ 63
    七 别怕死 ········ 69

第九 ········ 71
    一 伟大的国民性的大教训 ········ 71
    二 独立自尊 ········ 75
    三 高尚的精神 ········ 77
    四 历史的精神 ········ 78

第十 ······ 80
  一 不知身份 ······ 80
  二 幸福在何处 ······ 85

第十一 ······ 88
  一 柠檬树与人生 ······ 88
  二 一切的人都应是诗人 ······ 91

第十二 ······ 93
  一 伊普西隆耐的伟大行为 ······ 93
  二 美的感谢 ······ 98

第十三 ······ 101
  一 不幸的少年 ······ 101
  二 不知恩 ······ 105

第十四 ······ 108
  一 海波 ······ 108
  二 人生之波 ······ 110
  三 知人 ······ 112

第十五 ······ 116
  一 真的职业须于儿时选择 ······ 116
  二 错误的生活 ······ 118
  三 须自知 ······ 119

第十六 ······ 122
  一 书信 ······ 122
  二 当日的日记 ······ 124
  三 临别的散步 ······ 127

第十七 ······ 130
  一 序言 ······ 130
  二 关于职业 ······ 130
  三 农夫 ······ 132
  四 船夫 ······ 142
  五 商人 ······ 144
  六 工业家 ······ 146
  七 艺术家 ······ 147
  八 技师 ······ 152
  九 法律家 ······ 155
  十 医生 ······ 158

第一

一　安利柯的失败

《爱的教育》(《考莱》)为全世界人们所爱读的有名的书,书中少年主人公安利柯是全世界人们周知的可爱的好孩子。安利柯受了好的父亲、慈爱的母亲及热心的先生的教育,纯真地成长。

可是,小学卒业后的安利柯是怎样地成长的呢?其间曾有过何等的经过呢?以下就把小学卒业以后的安利柯来谈谈吧。

安利柯到了中学,非常用功,什么科目都欢喜,尤其欢喜地理与历史。罗马大帝国由小农村勃兴的史谈咧,爱国者格里勃尔第的事迹咧,文艺复兴期诗人艺术家的情形咧,都使安利柯欢喜得什么似的。

安利柯对地理、历史上了瘾了,光是学校所授的那些不能满足,一回到家里,就寻出大人所读的历史书来读到更深。

但是,那是大人所用的书,自然艰深,常有许多不能懂的。忍耐了热心读去,读到深夜,瞌睡来了常伏在书上熟睡,自己也不知道。

父亲知道了这情形,曾这样地提醒安利柯:

"安利柯!你不是用功过度了吗?昨夜你是伏在书上睡到今晨的吧,从黄昏一到位子上就睡着了!用功原要紧,但如此地用功是有害身体的。这样地把身体弄坏了,所用的功也如同水泡,结果与怠惰没有两样。身体弄坏了,什么事都做不成。你现在正是要紧时期呢,十四岁的血气旺盛的少年,如果一味读书,甚至于要在案上昏睡,将来身体坏了就要一生成为废物。先生说你在学校中成绩最好,我听了原快活,但与其你这样过于用功把身体弄坏,宁愿你强健地成长啊!"

被父亲这样热心地一说,安利柯也觉得不错。父亲又说:

"安利柯!夜间好好地睡,在白天用功啊!无论什么事,过了度都不好。"

"是。"

"所以,夜间八时睡觉,早晨太阳未出时起床吧。"

"是。"

安利柯遂依了晚间八时就寝的约束。

可是安利柯还一味地欢喜用功,毫不运动,每日每日只是读书。竟至连先生所不知道的历史上的事,他也知道,弄得同学们为之吃惊。

不料果应了父亲的预料,学年试验一完毕,安利柯病了。

最初,医生诊断为胃肠炎,后来竟变了伤寒,并且连气管也有了毛病,三四周中只能饮些牛乳,仰卧了动弹不得,苦楚万分。

经过了六十日,他勉强起了床,蹒跚地踱进自己的书房里对镜一照,那瘦削苍白的脸,连自己也几乎不认识了。

不但如此,想要踏上楼梯去,脚就悸动不稳,眼睛发晕,几乎像要跌倒的样子。

照这情形,自己也觉得非再大大地休养不可了。卧在床上,略遇寒风就会咳嗽,而且一味卧着,感到厌倦。打起呵欠来,连下巴也懒得似乎会脱掉。"身体弄得如此不好,真没趣啊!"安利柯这才恍然觉到了。

在病床中，春去夏来，到了秋天，还未有跳起身来的气力。有一日，安利柯想散散步，走到庭间徘徊着。忽而接连咳嗽了三四次，虽是少年，却不得不像老年人的屈了腰，把手帕按在嘴上，直到咳嗽停止。

等咳嗽止了，看那手帕上有红红的东西。安利柯吃惊了，想到自己或将死于这病，不禁立刻悲哀起来，簌簌下泪。

"去把这手帕给母亲看吧。"他曾这样想，一想到优柔的母亲见了不知要怎样惊慌，于是拿到父亲那里了。

父亲见了笑说："哪里，这是鼻血哩，不要紧！"

话虽如此，父亲也不放心，请市中有名的医生来替安利柯诊察。医生说：

"用不着担心，不过肺音略弱，一不小心，到了十八九岁的时候，说不定会变成真病哩。"

"如何？安利柯！你非成为有作为的人物不可，如果把身体弄坏，一生就完了。索性把学习暂时停了，去和山海森林为友吧。这样，身体就会好起来的。"父亲说。

安利柯也觉得身体要紧，说："是，就这样吧。"

二　去吧

过了几日，父亲对安利柯这样说：

"你从此要亲近自然，把身体弄强健。"

"那么学校怎样呢？"

"目前只好休学，这样的身体，着实不能用功哩。"

"那么，再在家里玩一学期吗？"

"不要着急，从容地和山海做了朋友，养一年光景再说。古来指导人世的伟人们，都曾长久与山海做过朋友的。阿拉伯的穆罕默德是与沙漠为友而长大的，意大利的国土格里勃尔第是与海为友而长大的。你也非修习这种伟人们的功课，养成健全的身体与伟大的精神不可。"

"那么，我到哪里去呢？到山里去，还是到海里去？"安利柯问。

"唔，父亲早已替你预备妥当了。"

"预备了什么？"

"你还没有到过桑·德连寨吧。你有一个舅父住在那里。那是风景很好的村子，据说生在那里的人，没有活不到八九十岁的。父亲已和舅父商量好了，把你寄居在舅父家里。你到那里去和海与森林为友吧。并且，舅父是做过船长的，全世界的事都知道，还知道许多好的故事。你丢了书册，只要以海与森林为友，以舅父为师，将比在学校中用功更幸福哩。"

"如此，我就去。"安利柯雀跃着说："我还要养好了身体回来。"

"唔，非有可以打得倒鬼或海龟的强健身体，是不能成伟大人物的。"父亲说。

安利柯的舅父因为多年做着船长，不常来访，每年只来一次光景，来的时候总带许多赠物：印度的木实啊，日本的小盒啊，奇异的贝壳啊，还有远处的海产物啊，一一排列起来，俨然像什么祭会时的摊肆。舅父自从辞了船长，就安居于桑·德连寨，安利柯还未曾到那里去过。

舅父没有儿女，听说日日在等候安利柯去。安利柯说：

"快些去吧。"

三　自然的怀里

安利柯由父亲母亲伴送，到了海岸舅父家里。舅父家房子很大，从窗间就可望见海与森林的景色。

舅父看去是个不大多话的人，态度有些生硬。

"咿呀，我总以为你独自来的。"这是舅父对于安利柯的招呼。

父亲母亲殷勤地把安利柯托给舅父，恋恋不舍地叮嘱安利柯，说"以后常来看你"，"把每日的情形写信回来"，舅父露出不愉快的神色来：

"什么？托里诺与桑·德连寨间隔着大西洋或是太平洋了吗？真是像煞有介事！就是不写信，只要大声叫喊，不是差不多也会听到吗？好，好，安利柯！我把你养成一个可以泅过太平洋的蛮健的水手吧。"

父亲母亲虽然回去了，安利柯毫不觉得寂寞，出生以来第一次来到海边，什么都使他惊异。

海水慢慢地荡着，把苍青的海面耸起，势如万军袭来的大浪，砰然冲碎四散。意大利的铁甲舰破浪前进，演习的大炮声隆隆地从要塞传来，震得窗上的玻璃发颤。走到海边去看，几十个渔夫正在曳起渔网，大大的鱼映着夕阳闪闪地在网里跳着。在安利柯，他的所见所闻无一不是可惊异的。

不但海，无论向哪里看，都是好风景。时节虽已交冬，日光仍是温暖适体。落霜的早晨还一次未曾有过。

有一日，母亲从故乡托里诺来信，信中写着这样的话：

"安利柯！托里诺的山地已降雪了，桑·德连寨是温暖的地方，还未有雪吧？"有什么雪呢？澄青的太空中辉耀着可爱的太阳，槲、松、橄榄之叶，一点都不变色，那或深或浅的绿色，终年都像个春天。

村子被古色的城墙围着，公园中松槲等繁茂，因而白昼也显得薄暗；充满阳光的沙地上，这里那里都有棕榈树展着那大手似的绿叶。尤其是舅父从南洋、南美带来了种着的热带植物，繁盛地伸着大叶。那样的风光在托里诺寒冷的山地无论如何是难得看到的。

四 大海洋襟怀的舅父

沉默的舅父渐渐多讲话了，那声音宛如在大海的潮中锻炼过的海兽的吼声。舅父一开口，就像大洋的浪在怒吼，可是那声音听去并不粗暴，也不凶恶，于男子的声音中带着大胆而和平的感觉。安利柯很爱舅父这豪气。

舅父体格结实，虽不十分修长，肩膀平广，发全呈灰色，胡须浓重，眉毛明晰，略一颦蹙，那长长的眉毛之下几乎看不出眼睛来。

舅父的眼睛真奇怪，怒潮似的光与柔和的光，无时不在交替地辉烁着。

舅父心气躁急，时常发怒，但雷霆一过，就此完结，以后很是和柔。

舅父的颜色晒得如赤铜般，面上刻着深沟也似的皱纹，一见似乎可怕。但仔细看去，在强力中却充满着慈祥，宛如年老的善良的狮子。

毫不讲究修饰的舅父戴了旧巴拿马帽子，狮子似的徐徐走着，那种风采俨如昔日豪杰的样儿。巴拿马帽的古旧颜色上似乎刻着舅父一生奋斗的历史。

安利柯在舅父身上见到激怒与柔和二者交替地出现，无论在眼色中在声音中都是这样。

"舅父是个以那两种性质为基础而完全成功了的人咧。"安利柯时时这样想，并且佩服他。

有一日，安利柯与舅父在乡野路上散步，一个残了手的乞食者走近来，向舅父说：

"请布施些。"声音发着颤。

舅父雷也似的一喝：

"混账，怠惰汉！"

乞食者吓白了脸，瑟缩了一会，忽然没命地野狗似的逃跑了。

舅父拉了安利柯的手，把一个半元币塞在他手里：

"赶上去，把这给了那乞食的。他的手残了，而且另一只手也失掉了。"

安利柯向那踉跄奔走的乞食者追去，大叫："喂，别跑！别跑！"

乞食者回过头来，跪在地上几乎要哭出来了。安利柯给予了半元币，乞食者歪着脸，簌簌地下泪，把额触在地上拜谢。

又有一日，来了四五个男子，郑重地来请求一件事，说："要募集慈善经费，请做个发起人。"

在楼上露台曝着太阳的舅父吩咐女仆说：

"我不过问这类的事，回复他们，叫他们快回去！"

来的人们仍不回去，依然唧咕不休。舅父从露台上跑下去，愤然叱责说：

"讨人厌的东西！连曝太阳都不让人自由！从愚人钱袋里骗钱的伪慈善事业……须知道我是不会上这样的当的。要行善也用不着等你们来说教，自己会去做的！明白了吗？明白了就快走！"

根基还未坏尽的乡人们受了这样一喝,好像狐狸精显出了原形,畏缩地回去了。据说:舅父今日曾在别处出了大注的捐款,大概这些无赖们知道了以为有机可乘,所以来试行欺骗的手段。

安利柯才知道世间有借慈善事业来骗钱糊口的人。

当地的人们爱慕而且敬畏着舅父,这只要和舅父同去散步就可知道。走在路上,不论是附近的地痞或是本地的绅士,都一样地向舅父敬礼,这并非只是形式的敬礼,乃是充满尊敬与爱慕的敬礼。

小孩子们一见舅父,脸上都现出半怕半喜的神情来看他。和安利柯亲近的少年们呼舅父为"白契舅父",可是一般的大人却呼舅父为"船长"或"骑士"。

"哪里!不见我在用脚走着吗?"舅父有时这样说,引得大家都笑了。

地方上被称为最上流的人,舅父以外有三个:一是牧师,一是医生,一是药剂师。他们背后都呼舅父为"野蛮人"或"哲学家"。见了动怒的舅父,说是"野蛮人",见了深情的舅父,说是"哲学家"。

安利柯这样想:

"不错,舅父确有像野蛮人的性格。但这像野蛮人的性格,是舅父很好的地方。如果没有那像野蛮人的性格,舅父虽燃烧着真正的智慧,也没有使不正者卑怯者辟易的力量了。舅父的野蛮性乃是有教养的原始力,唯其如此,故舅父亦得为哲学家。我从舅父学哲学吧,学生活的哲学,火焰也似的燃烧的哲学吧。"

第二

一 舅父的学校

"喂,安利柯!"有一日舅父坐在庭间石上这样开头说,安利柯坐在旁边静默地听着。

"你在一年内要在舅父家里养成强健的身体。但要想强健,如果以为只要怠惰地闲着就好,那就大错。怠惰反于身体有害。要身体健康,非使精神也健康不可。要身体精神双方健康,新的功课是必要的,因此,你此后要在露天学习功课才好。"

舅父歇了一口气,又继续说:

"好吗?你已把学校的椅子和教科书都抛掉了。你以后的椅子是庭石或海岸的岩石,我就做你的先生。

"我不叫你做背诵等类的功夫。你非成一个有价值的人物不可,要想成有价值的人物,拿着教科书是无用的。

"你有着好好的两只眼睛,应该用了这眼睛去看世界。你又有着好好的心,应该用这心去思考。这样,你就会成优良的人物。

"我于还未能十分读写的时候,就到船上当仆役了。我从孩子时起不曾受过谁的教导,只是用自己的眼睛看,用自己的心思考。我的知识、财产以及这别墅,都是自己创造的。

"话虽如此,我并不叫你鄙薄学校的先生与书册。不过,天地间有学校的先生与学校的教科书所不能教的世界。对于这世界，你非自去学习不可。真正有益而确实的知识，在这世界才可学得。

"学校的先生会把人所不可不走的路教示我们，但要走这路，非动自己的脚不可。也不能说只要自己走就好了，要留心同道走的人，要注意从反对方向走来的人，要顾到路旁的田野与森林，要远望在地平线那方的山。有时还不可不立住了脚仔细地注视周围的东西。

"我与学校的先生不同，离了书册与黑板，把好的事情来教给你吧。回想起来，我自己曾受过这种学问的益处不少，于你也必会有益处吧。

"人须有思考怎样去生活的头脑，又须有实际去生活的手腕，可是在狭窄的学校里是学不到这些的。较之学校的功课，研究广大的自然和活世界更是重要。

"无论自然的哪一角，无论路上遇见的哪一人，都可成为自己的活学问。自然在把什么告诉人，人亦在从自然学着什么，我们非把这知道不可。书册中所写着的和先生所教示的，只是从自然这一部大书中抽出来的东西。自然是智慧之母，是先生的老师。

"对吗？知道了吗？举例来说，请看那五株松树，在山路上伸出了大大的枝干，很是繁茂吧。还有一株却在断崖的苇丛里，才抽出梢枝，露出一种贫弱相。

"这六株松树同样年龄，同一种类，都是我在十年前种的，就是你四岁的那年，已是四年生的苗木了，恰好和你同年龄呢。试看，这六株松树发达的差异有多大！十年前，我从飞伦载买了这六株小松树，五株种在那山坡的路旁，尚余一株无适当种植的地方，后来就种在断崖的草丛里。初种的当儿都是一样大小，那五株现在已快要比别墅的屋顶还高，直挺挺地很繁茂了，而在断崖的那一株，却还不到一米高,像将要枯死的样子。

"人也如此,只要教育不同,就会和这松树一样,发展也不相同哩。哪,你自己把这好好地想一想,做一篇关于松树的感想寄给你母亲吧。替我告诉她:舅父第一次教你的学课就是松树谈!"

二 拉普兰特产的大麦

全生涯都在海上度过的舅父,关于海,总算是已毕了业的。舅父除了使安利柯吸海的空气教示驶舟以外,大抵不居舟中,只是以整理田园为乐。安利柯与舅父同在田园间工作,就学得了各种植物的名称、栽培法及效用。

有一日,舅父执锹在耕菜地。地上有谷物收割后留剩的根株。安利柯用锹帮同把土块掀起来时,舅父将锹插在土中,用手拍一拍腰,这样说:

"看啰,这根株有教你的地方呢,也教你科学,也教你道德。听着!

"今年夏天,我耕好了地,一时不知种什么好。忽记得书斋一角里有一撮从西伯利亚带来的大麦种子,就取来试种。

"西伯利亚在欧洲最北端,是一株树也不生的极冷的寒冰国。那地方真奇怪,一年之中有九个月是夜,就接连有三个月是昼。九个月的寒冬一过去,天气就转暖了,冰也解了,草与灌木转眼就大,匆忙地开出花来,立即结实成熟。

"这一带奇怪的国土统名曰拉普兰特,拉普兰特所产的谷物只有大麦。那里的大麦和我们这里的全然不同,在短时期内生长,很快地就结穗。我以为把拉普兰特的大麦拿到我们的地方来种,也会快生长快结穗的,就取一撮种子放在皮箧中带了回来。不料带回来后竟忘了，藏在书斋抽屉里好几年。

"今年夏天偶然记起，为了实验，就把它种了，种了以后，啊！真亏它，真亏它！拉普兰特的大麦果然保持了在那寒冰国里的性质，在我们的暖国里也在很短的时间中生长了，使人们惊怪。真了不得！从下种以至收获，只不过五周光景。

"那麦秆，你看，现在连着麦穗成了束，放在那工作场的屋阁上，结得很好的实哩。

"我在来年，后年，不，无论几年，在我的一生中，仍想下种再种，再来实验。我死了以后，叫后来的人仍继续种下去。

"你以为怎样？无论种几多年，大麦的生长都会照样快速，收获都会很好吗？我觉得那是不会的。生长将渐渐迟缓吧？到了某一时候，其生长力将与暖国的普通大麦全等了吧？我想。安利柯试想，这拉普兰特的大麦给着我们大教训哩。

"第一，植物是顺应了气候而生长的。其次，它有着巧妙的抵抗力，能避免冰或寒冷等的外敌。如果斯堪的纳维亚或拉普兰特的大麦也与我国的大麦一样生长迟缓，那么在结实以前就要被寒冷的风吹萎了。所以，北国的大麦于寒冷的外敌未攻来时，为了结实，不得不急急生长。人也如此哩！不能久活的人，肉体和精神都急速发达，普通所谓神童者，大概决不是长寿的人。因为不长寿，所以潜动着一种在孩提时把一生的事做尽的自然力，恰如我从拉普兰特拿回来的大麦一样，性急地飞越其生命的抛物线。

"还有你不可不想的，就是那拉普兰特的大麦把其习惯传给后一代的事。习惯可以成天性，所以，拉普兰特的大麦虽移植在气候不同的我们的暖国里，其生长也仍和在拉普兰特时一样。

"人也和这没有两样。人因了教育环境的善恶，可善亦可恶。不但如此，我们所得的善可以传给子子孙孙。善的生善的，活着的善人会把其善的精神、善的行为、善的习惯传给他的孩子。

"安利柯啊，你还年少，恐未能全懂我所说的。只要将来大了，能记得我今日的关于大麦的话就好了。你长成满下巴生胡须的大人时，如果记起我讲的关于大麦的话来，自会思考种种的事情吧，自会把思考的结果应用到日常生活的问题或社会的问题上去吧。"

舅父这样热心地谈说，那无限良善的心，星也似的辉露在眼里。安利柯觉得舅父真是伟大。

三　犬麦　夏水仙　石刁柏

有一日，舅父蹲在庭间小路上，很有趣味地在摘草。安利柯坐在大石上看着。看舅父的那种有趣味的样儿，觉得奇怪，就叫说：

"舅父！"

"呃。"

"摘草有趣吗？"

"有趣得很！你恐不知道吧。"

"不知道。这样麻烦琐屑的事情，叫用人做不好吗？"

舅父听安利柯这样说，就说：

"真有趣，我在和许多小草谈着话啊。岂但草呢？来看，真有趣。你的眼睛也许不会看到吧，我正在和蚁谈话，戏阻其行列，或者向蜗牛招呼，且和许多的虫类作着会话呢。琐屑的工作，正好利用来思考事情哩。"

舅父说了又俯下头去独自微笑，既而又抬起头来：

"喂，安利柯，我的思想在天地间奔驰着，方才心虽停在草的行列与蜗牛上,现在又跑到天边去了。我蹲在这里想写的书中,不可不有《园生的教训》一章。咿呀,书这类东西,原不是我所要写的……喂,安利柯,来,如果你要听,我就告诉你吧。"

"呃,"安利柯高兴起来,从岩石跳下,跑到舅父那里去。舅父坐在小路旁说:

"这小路中,我并未下种,却有三四十种草,各得其所地生着。你看,这是狗尾草,这是毛茛,这是黄草。这些草只要拔去了就不会再生,除非风再从别处把种子吹来,那是例外。

"可是,很有一些倔强顽韧的家伙,你看,这就是,这叫犬麦。还有,喏,那里不是有开着黄金色的花吗?那就是夏水仙。这两种东西的顽韧,真是了不起!无论怎样拔除,也不中用,立刻就会发出芽来。喏,这里面藏着一大教训哩,听啊!"

舅父继续说:

"犬麦这家伙执著力很强,不论是湿地沙地,或是岩石的裂缝,到处都会生根蔓延。要想排除它,摘断是不中用的,即使把它的正根拔去了,那许多小根仍会在深土及石缝中生长。我曾用了钩刀与草锄想把那小蛇也似的根株去尽,终于没有成功。因为只要有一支根留下,那家伙就会立刻抽芽长大。

"还有这夏水仙,也是讨厌不堪的家伙。任你怎样摘断,它仍是坦然。因为这家伙有六个乃至二十个左右的圆锥形的球根散伏在地中。所谓圆锥形的球根,形状恰如胡萝葡。这样形状的根潜在地中,拔去它一二条,真无关痛痒,它立刻就恢复旧观了。

"夏水仙和那棵无花果下面的石刁柏相似。石刁柏有许多种类,在那里的是生活力很强的一种,任你怎样拔除,到了第二年,仍像对我们说'久违了'的样子,管自抽芽繁茂。我对这家伙也束手无

策,反而佩服起来。喏,安利柯,石刁柏真有所谓的金刚不坏之力呢。我想到这里不禁对它说:'活着吧,石刁柏啊,尽你的力!'

"这犬麦、夏水仙、石刁柏,给予我们道德上的一大教训。它们有着抵抗破灭的生活力,这是因为根生得深,贮有潜在力的缘故。我们要战胜人生的不幸,也非把知识的根、感情的根伸长在深处不可。能够这样,即使遇到了暴风雨似的大不幸,我们仍然能发挥新的力量,重新苏生繁荣。根浅了就不行。用了浅薄的思想、浮面的感情去对付人生,一旦不幸袭来,就难免一蹶不振了。

"根深的植物不像根浅的植物能在一时吸收许多水分,但它能逐渐地些许些许地把水分吸收了,潜藏在地底深处,故虽受烈日,也能出其潜力抵抗,决不至于枯死。

"啊,安利柯,这关于植物的根的话,你将来年纪大了时想起来,大概也会觉得不错的吧。"

第三

一　远足与舅父的追怀

一日，安利柯被舅父带领了远足到莱里契去。

出发的时候，好风由海面吹来，很是舒服。渐渐前进，道路逼近断崖，一面是大海，一面是嵯峨的山岩。再前去便是有名的险道，举目崎岖地矗立着岩石，不能且走且谈了。

到了里格里亚，气候忽变，是接近冬季的缘故吧，天空灰色，海面也黝暗。

到了鲍托利海岸，舅父向安利柯说："喂，坐下来休息一下吧。"

可是附近没有可以坐的岩石。

"这里好，就坐在这上面吧。"舅父指定的岩石布满着孔洞，可是因了波涛的冲击，却天然形成石椅子的样子。

安利柯坐在上面，却意外地舒适。

下面海波澎湃，海风吹来，掀起了浪似犹未足，更掠逼石岩呼啸而去。云随了风的旋动，偶露空隙，薄明的银色的寒冷的日光在海面上颤动着行走，其光景宛如古时披甲的武士在疾行。云一合拢，闪光即刻消失，水空仍归暗淡。在这忽而闪光忽而暗淡之间，安利柯与舅父都默然地凝视着。

安利柯细看舅父，觉得其眼中有一种光彩，似乎正在想很远很远的事情。"不知在想什么啊？"正猜想间，舅父发出了一声叹息。

"舅父，怎么了？"安利柯问。

"唔，面对这暗淡的水空，不觉想起种种事情来了。"舅父沉重地回答。

"想起了什么了？"

"想起了五十年前的事，觉得有些难堪。但是回忆究是一件好事，能给我以一种甘甜而沉静的悲哀。啊，回想我的一生，并无什么疚心的事情啊！"

安利柯不觉感到舅父对他有一种奇妙的吸引，只一味凝视着他。

舅父于是感慨无限地继续说下去：

"啊，安利柯！舅父幼时恰好也是今日样的阴郁的天气，在这……就是这里，在这块岩石上坐过。计算起来已是五十二年前的事了。

"想起那时的事，实在难堪。那时，我啊，在数个月间连丧了父亲与母亲。因此就以初等小学二年的程度，从桑·德连寨的小学退出，被驱赶到世界上。

"父母既亡，那做船长的父亲的从兄，叫我到海程十九日的轮船上去服务。那轮船名叫泰尔泰那，是行驶黑海运输粮食的。

"啊，现在重新记得起来：我那时还只十岁。在这里，就坐在这块岩石上，一面注视着海，一面思忖以后将在海上过这一生的事。那时坐过的这岩石，至今过了五十多年，还是依然不变，也像这样地有孔穴了的哩。怪不得我要抚今思昔起来了。

"啊，听啊，五十二年前，我坐在这块石上所思忖的并不是航海远行的寂寥，也并不是对于将奉父亲的从兄为主人的新生涯的不安，我兀坐在这块石上，对了这美的海景所沉思的，是因为那日早晨曾去访问了村中的牧师唐·爱培里斯德的缘故。

"唐·爱培里斯德说在我离开故乡以前将赠东西给我，叫我到他家里去。我就去了，不知道他将赠给我什么，一味猜测期待。牧师见了我欢喜地说：'呀，来得很好！请在这沙发上坐！'

"他立刻搬出茶来，还有两种糖果。我一切都不在意，只一味期待着他的赠物。牧师的红面孔像红莱菔似的，唇边浮着多情的亲切的微笑，却不知道究竟将赠我些什么。我还以为他只是戏言，并没有什么要给我的。

"哪里知道他竟给了我意外的赠物。牧师对我这样说：'我是穷人，不能送你时计，也不能送你满贮着金钱的财囊。但我却真心情愿想送东西给你，因为我和你的父亲母亲是久交的好友！我不能赠你值钱的物品，只把比金钱时计还有价值的教训来赠你。你如果依了这教训去做，将来你回到故乡时，假使我还在，你定会感谢我的。'

"啊，安利柯，牧师对我说怎样的话呢？牧师继续说：

"'你的父亲如在世，他将牺牲了一切叫你求学吧。他近来曾希望把你培养成法律家、牧师或官吏呢。不料你才十一岁，就成了贫穷的孤儿，从此要接受船长巴尔托洛的照拂，作为船员，流了额上的汗去换面包吃了。

"'话虽如此，也万不要灰心，充了船员，也有做船长的希望，只要有志气，就可以成为任何有名人物；所以无论什么职业都不是可耻的。能每日每日地熟谙事务，逐渐前进，就足够了。用自己的力去学习，这是最贵重的教育。如何？我给你的赠物就只是这个哩！——啊，最伟大的学问就在尽自己可能的去做啊！

"'你从明日起，每朝起来，请先自誓一日中须行三件好事，晚上睡时请自省今日预定要做的三件好事曾否实行。这样行去，你的一生就会没有一日浪费。只要能如此，你也不必再入学校，不必再待先生的教导了。

"'哪，白契君！知道了吗？如果知道了，请抱住了我给我一吻，而且希望你不要忘记我与我对你说的话！'"

"哪，安利柯！牧师这样说着潸然下泪了。我那时有些厌憎起来，以为与其给我这种教训，还不如给我一二枚银币的好，颇恨牧师的吝啬。

"可是，第二日，我独自到这里坐在岩石上，说也奇怪，竟情不自禁地把牧师唐·爱培里斯德的话回想起来，坐在这里沉思了好一会儿。

"结果我就从那时起，决心依守牧师的教言，一切照行，直到垂老的今日还照样行着。现在仍于早晨想好了一日中所该行的三件好事，如果忘去一件，晚上就不能安然入睡。我当你那样的年纪，于海波不平、暴风雨和波涛怒吼的夜间，常因事在甲板上彻夜不眠。每当日出以前，先做了母亲所教我的祈祷，其次，必想到那日所应做的三件好事。

"我遵了唐·爱培里斯德的教训，每日搜求足以使自己身心与知识完善的三件事。入船以后的数年中，我连读一册书的时间也没有。过了几多年，才略得到自由娱乐的时间。可是，除小说以外，我什么都不曾读。我读历史、文学以及哲学的书，都是以后的事。我曾读了许多哲学书。从今想来，觉得最好的哲学就是我每日想努力把自己完善的时候在自己心里所发见的东西。

"这最好的哲学这样教示我：人要身体、感情、思想三者平均协调才好。如果其中有一者不完善，就不能成为幸福善良贤明的人。

"所谓幸福的人者，就是贤明的人，同时也就是有健康的身体，有善心，有完全辨别道理的头脑的人。

"无健康的幸福是不可能的。健康一失，就不能贤明，心因而褊狭，也就不能善良了。

"话虽如此，只是心好，或只是头脑好，都是不够的。只是心好，恰如没有舵的帆船；只是头脑好，又恰如备了舵而没有帆的船。这样的船一遇到风，就会撞到岩石上去或触到岸边去，否则就只是团团打旋而已。'有善心与正确头脑的人，其快乐如乘风行驶的船。'这是我的歌。

"哪，安利柯！在你和我同居的一年间，你也许会常听到这歌呢。请忍耐地听，不要厌倦啊！我实在确信是如此，觉得这才是教育的基础哩。

"我不忘唐·爱培里斯德的教训，每日在努力着：第一，增进自己的健康；第二，把心弄好；第三，修养思想。

"哪，安利柯！你今年十四，较之同年龄的少年远有优秀的见解。所以从明年一月起，也非养成每日行三件好事的习惯不可啊！"

二　决心

安利柯一心听着舅父的话，觉得这样的话从未听到过，不禁自惭起来。安利柯一向以为学问这东西是要靠学校教授，由父母督令复习的，不料这做过多年船长的舅父，却和先生相反，叫他全然换了新方面去着想。

安利柯全如进了别一世界，一时心里想起来的很多，终于按捺不住了向：

"舅父，怎么能在一生也每日行三件好事呢？如果一日三件，一年不是很多了吗？我以为一年只要能做成一件好事，就已算是了不得了。……"

舅父听了突然说:"一日三件,一年可得一千零九十五件,闰年多一日,就得一千零九十八件。这是用了心算就可立刻计算出来的。"

"啊,一年非做一千零九十八件好事不可吗?"安利柯不禁脱口这样说。

"这算什么多?"舅父说,"好的人至少一日也得做二十或三十件好事呢。哪,待朋友亲切也是好事,做正当的行为也是好事,爱惠待人也是好事,令人快乐也是好事,又,无论怎样的小的牺牲也是好事,学得知识也是好事啊!这样,应做的好事很多,只做三件就嫌麻烦了吗?"

"这样说来也许是的。但我一向未曾这样做过,所以不十分知道。"安利柯说。

"那么,我来教你知道。这样吧,"舅父说,"我先在簿册上替你做一个善行计划吧。只做一个月的,你看了如要变更,就自由变更吧。只要有了一个月的,后来的就可自己去做了。"

"那么就请替我这样做吧。"

"唔,你且这样试行!如果预定的好事实行了呢就实行,未实行呢就未实行,一一记入簿册。这种簿册将来到了老年时重看起来,那真是你的重要的纪念品哩。年纪大了,见到儿时的足迹,不知将怎样地怀恋,怎样地感慨不置呢!你的一生的善行录是你美德的足迹,也就是你的年谱。世间姓名不入史册而行着伟大的英雄行为的,或做着高贵的牺牲的人,很多很多。世界的进步实赖有这种人。你将来即使不为历史上的人物,到了老年,把你那无名的英雄与牺牲者的一生重检起来,不知将怎样快慰哩。好吗?我从唐·爱培里斯德学来的事,今日你再从我这里学了去吧。"

"好！我愿试行。"安利柯说。

三 善行历的做法

过了数日，安利柯的案上放着一本簿册，取来看时，是舅父的笔迹，写着正月中按日应行的善行计划，从二月到十二月的还什么都未写上。

安利柯每日翻开簿册，按自己的意思逐日做了变更。簿册上这样写着：

一月一日

一、自省自己身体的缺点。

二、自省自己品性的缺点。

三、自省自己头脑的缺点。

就上面三项自省，如果自己不知道缺点所在，就去问白契舅父吧。

一月二日

今日和昨日想的相反：

一、自己身体上最好的是什么？

二、自己有着什么高尚的精神？

三、自己最擅长什么？

这三件是自己知道的吧。人这东西，如果是自己的长处，立刻就会知道。无论是谁，对于自己的好处是要把它扩大成二倍乃至千倍来自矜的。

一月三日

一、昨日从兄弟（与我同年）的配洛登那卡尔群诺山，一小时半就回来了。好，我今日也去试登吧。

二、大昨日，乞食的辟耐洛向我讨一铜子，我那时正要到般托利别墅看戏去，觉得他讨厌，管自走了。今日他如果再向我讨时，给他两个铜子吧。

三、今日要暗记但丁《地狱篇》开始的句子。前日自省自己的缺点时，觉得我记忆力最坏，为练习记忆力起见，故试行暗记大诗人的诗句。

一月四日

一、早晨既醒，就立刻起来吧。昨日假装熟睡，做了调皮的事。

二、今日好好地写一封长信给母亲吧。

三、熟记意大利主要的河名及其流域。

一月五日

一、今日和舅父说，请他给我吃莱菔吧。就是味道不好，也要忍耐着吃。

二、今日虽与附近的孩子们游戏，也不要做坏事。

三、熟记阿尔卑斯山脉与亚平宁山脉的主要山岳的名称。

一月六日

一、到斯配契去远足。

二、昨日受到舅父注意时，我不觉有些动气了。为了自责这不当之罪，今日停止与从兄弟游戏。

三、把欧罗巴地图的轮廓，在空中描画记熟。

一月七日

一、剪除指甲，使之清洁。昨夜到了美姬契家里，和姑娘斗纸牌玩着的时候，因为指甲漆黑，弄得很难为情。以后不要再有这样的事吧。

二、把柠檬摘了两个去送给那贫穷的美宁的母亲吧。美宁的母亲患热病卧了好久了，很可怜。

三、熟记自马可·波罗以至斯舟莱世界中有名旅行家的名字。

一月八日

一、昨日饮汤太多，腹胀了睡不着。今日但吃到八分就中止吧。

二、遇到与人谈话时，用使人欢喜的态度说吧。

三、就从前读过的书中，把对爱的读书的意见或感想写出来吧。

一月九日

一、今日舅父说要乘了船领我到莱里契去。乘此机会，竭力去划船吧。我足的运动一向比腕的运动多，所以手腕较弱小。

二、再像前次似的到玛卡拉尼公园去散步，把父亲母亲的事来思考吧。

三、试把我国的山脉与海岸的略图，在空中描画吧。

一月十日

一、勿着了裤子与袜子睡。

二、今日，想什么法子使亲切的舅父喜欢吧。

三、将拉丁语、法兰西语、德意志语各翻译一页。

一月十一日

一、食物之中何者最富于营养？去问舅父吧。

二、把自己所爱的朋友的姓名顺次写出，就此查察自己爱朋友的程度。

三、今日非解出两个算术练习题不去游戏。我算术成绩最不好。

一月十二日

一、为什么我们为了健康非吃果物与菜类不可？须寻出解答。

二、为什么我与旧友培里诺交恶？这原因在我呢，还是在他？非仔细查察不可。

三、在我所知道的一切功绩或作品之中，何者最伟大？何故？把这些写下来。

一月十三日

一、须练习我感到困难的事。舅父常说，我所困难的是早起早睡。从明日起，比舅父早起床，与舅父同时睡。

二、今日至少在培里诺家既待二三小时。可怜，他伤了脚卧着呢。

三、在我所知道的历史上的人物之中，谁是第一个？把这考察了并把理由写出来。

一月十四日

一、昨日与两个荷兰小孩跳跃。我跳得不好，总是跌跤，今日再去试跳，学习到跳好为止吧。我有着和他们一样的脚呢。至于力气，我也不见得比他们弱。

二、把读法教给船员范曹的儿子。那孩子很以不知道读法为耻哩。对于那样好的孩子，就是每日为他牺牲半小时，也是愉快的。

三、描绘地图册上第一幅的全世界图。

一月十五日

一、水、啤酒、葡萄酒，各对于人体有多大的影响？把这来加以研究吧。

二、在我，什么东西是最欢喜的？什么东西是无可无不可的？什么东西是厌憎的？把这三者来分了类看，便没有厌憎的东西吧。

三、把《推·特里培阿》的第一页来用法兰西语翻译吧。

一月十六日

一、昨日从人家那里受取了卷烟，因为不知有什么味道，躲在树林间试吸，结果很不舒服。做了坏事了，自己很是懊悔。真惹厌啊，以后决不再吸。

二、柯斯丹查来了信，我尚未答复她。她的信已到了十五日了。此后决不要再有这样失礼的事。

三、把法兰西语用拉丁语来翻译一页。

一月十七日

一、何以冬季比夏季容易受感冒？出汗以后何以感冒就会舒适些？把这去试问医生吧。

二、昨日和间壁的配洛谈到托里诺自己家里的事。那时我曾夸说屋宇如何华美，如何宏大。为什么要这样说呢？现在很自后悔。为取消前说起见，今日说老实话吧。我往往有称赞自己的恶癖，怪不得母亲近来常写信来命我注意，叫我不可自傲。

三、用铅笔来把舅父的别墅试习写生。

一月十八日

一、一疲劳就非休息不可，何故？休息时仰卧了最舒服，何故？要查察其理由。

二、昨日曾与范曹的儿子约定去教他读法。后来观渔人用网打鱼，觉得有趣，就忘去教他了。唉，真不应该！如果不能守约，为何不先去向他说明呢？后来见了面，我却终于未曾向他道歉。今日就用了二倍的时间亲切地去教他，来作对于过失的补偿吧。

三、暗诵亚历山大·曼沙尼的歌《玛克洛代阿》全部。

一月十九日

一、昨日晚餐时，因为腹饥了，不但囵囫吞咽，而且大食。舅父见了曾说："喂，安利柯，你难道已饿得要死了吗？"夜里一味噩梦，大约消化不良的缘故吧。以后吃东西，勿要再太性急。

二、对于与我谈话机会较多的三人，要竭力用了和蔼的态度说话。

三、暗诵《爱耐伊特》第一章的歌约四首。

一月二十日

一、按时进食，有益于健康，不规则地漫食，于健康有害。何故？去试问医生吧。

二、教范曹的孩子读书，切勿动怒，要有耐心教下去。可怜，那孩子热心是热心的，只是记忆力不好。我总得耐着心教他。

三、把斯配契湾的风景用文章描写了去寄给父亲吧。

一月二十一日

一、爬上坡去，就觉得呼吸困难起来，心跃跃地悸动。何故？

二、昨日我曾嘲笑奇奇诺，其实奇奇诺并不曾有什么错。那孩子患着重感冒，脸孔浮肿得像猔狒。我把他的苦楚认作了有趣味的事，真不应该，今日非去道歉不可。并且还要格外亲切地待他，以补偿昨日之过。

三、关于重要的星座及主要的大星，请舅父指教吧。

一月二十二日

一、昨日到斯配契去，将舅父给我的钱买了果物，独在船内大吃，未曾分给同行的从兄弟们。因此到了吃饭的时候，食欲消失，什么都吃不下去了。见了从兄弟们吃饭的那种快乐有味的样子，不觉立刻感到羞耻，脸孔红了起来。我真是孩子！人家说我"孩子"时，我不是曾动气吗？但愿以后不要再有这样的过失。

二、今日把我的果物分给从兄弟们吧。

三、月亮刚上地平线时，看去较在头上时大。这是何故？去问舅父吧。

一月二十三日

一、昨日去划船，觉得我的左腕比右腕力小。从今日起，暂时多用左腕，使左右相称吧。

二、已有两个月不见母亲了，连信也未曾写给她过，很记念！下星期就每日写信，把我思念母亲的心情完全表出吧。

三、我意大利因了爱马努爱列、马志尼、卡华的功绩，得到了多少的幸福？把这来简单地写述吧。

一月二十四日

一、做船员的范曹比我长二十岁，却能分别出水平线上的船影、帆影与桅杆摇动的方向来。我也来留意观看远物，养成和他同样的眼力吧。

二、据说从前有一个人，曾在桑·德连寨和人打架，用小刀伤了人，结果受五年的徒刑。这人现在已由狱中回来了。人们都厌憎他，加以冷视。其实这人心地不坏，忠实地以划船为生。被人冷视，真是冤枉。以后我们如要雇船时，就雇他的，把这和舅父商量吧。

三、今日把我国主要都会的人口来记忆吧。

一月二十五日

一、不该反对舅父的话。舅父曾叫我着绒衬衫，我因为一则觉得着绒衬衫似乎太懦弱，一则着了有些于心不安，终于脱去了。今日间明了绒衬衫的功用，如果确有理由，就重新着上去吧。

二、昨日舅父讲述一因了窃盗而发财者的故事，且举了一句格言，叫做："正直者虽愚痴，也胜于狡猾的恶汉百倍。"今日把这格言来加以玩味吧。

三、带了时计去查测桑·德连寨的潮汐。

一月二十六日

一、我已养成了早晨七时起床的习惯了，以后再改为六时半起床吧。

二、惯于嘲笑他人，真是可厌的野蛮性。我愿我自己不犯这毛病。

三、亚美利加土人被称为亚美利加印第安人,安契尔群岛被称为西印度群岛,何故?把这来检查吧。

一月二十七日

一、贮水槽中的水比之喷水,甘美而适于胃。何故?把这去请教于医生吧。

二、人喜食动物的肉,而见到动物的被杀却觉难过。这矛盾须加以考察。

三、重瓣花的植物为什么不会结好的果实?从植物学书上一查其理由吧。

一月二十八日

一、每晚,以用左手写字来当做娱乐吧。昨日在洛西家里见到一个绅士,他因为右手上患了一个疮,据说已有一个月不能写字了。那是多么不便啊!

二、昨日医生的儿子配群诺动了气,骂了我。我并没有做什么不好的事。该受配群诺的怒气与恶言,这全然是他自己误解了。他因为近来常做坏事,疑心我曾向他父亲告诉什么了呢。我受了他的恶言,只是忍住气默然地走出来。今日去会配群诺,促使他反省吧。这样的事须严格地处置才好。

三、暗记亚历山大·曼沙尼《五月五日》的诗。

一月二十九日

一、从兄弟不用枕也能安然入睡,我也来练习不用枕睡的习惯吧。

二、俗语说:"恶也七次",就是说普通的人要连做七次同样的恶事的意思。我在这三日间,须每晚反省自己的行为,自问有比普通人好的地方没有?

三、请求舅父带领了去参观斯配契的兵工厂吧。

一月三十日

一、请求舅父设法，暂时去和船员巴拉查一同生活吧。这是为了要想练习船员生活的缘故。

二、数日来，用了吊船登陆的法兰西的船员每日醺醉了酒，动辄乱说我们意大利及意大利人的坏话。我听到了很是愤怒，可惜我没有打他们的勇气。好，今日如果再遇到，就去怒喝他们吧！我虽是孩子，但如果有人说我国的坏话，我是不能沉默的。

三、记忆海风的种类与其名称。

一月三十一日

今日是一月的末日了。自问自答地来考查一月间的成绩吧。

一、为强健自己的身体起见，本月做了些什么事？

二、为修养自己的精神起见，本月做了些什么事？

三、为培养自己的知识起见，本月做了些什么事？

第四

一　犬与人

有一日舅父忽说：

"街上似乎出了什么事情，安利柯，你不跑去探听探听吗？"

安利柯依了舅父的话跑上街头，又喘着气奔回来，到庭间狂叫：

"舅父！快来！到那空地上！"

"怎么啦？"舅父急忙拿了帽子出来。

"有小孩被狗咬伤了。"

"嘎！那么快去吧！"

安利柯急忙向前奔，舅父在后面跟着。

"怎么了？喂，怎么了？"老人们从街屋的窗口探头出来，向一个奔跑的男子问。

"疯狗啊！疯狗啊！"那男人一边回答一边管自奔跑。

"什么？疯狗？咬人吗？"

"咬伤了三个小孩哩。"

"这里一向没有疯狗，一定从赛尔兹那来的吧。"

"不，据说是莱里契的狗。"

"不要是我家的孩子遭咬了，方才到海边游戏去了呢。"

家家的人们都在门口这样互相谈着，街上充满了惊异的声音。

安利柯与舅父急忙向前奔，到了空地上一看，喷泉前面已挤得人山人海了。大家都挤在一处，茫然不知所措。其光景宛如一个蚂蚁受了伤，许多蚂蚁围绕着的样子。

"怎么了？"舅父走进人群中去。人们就用了敬意把路让开，同声说：

"德阿特拉的儿子，三个都被疯狗咬伤了。"

可怜，那三个小孩在人群中只是哭着。旁边的人们并没谁动手去亲切地救护，只一味挤在一处呆着。

这三个小孩似乎是渔夫或船夫之子，衣服很粗劣。最长的约十岁，是个瘦弱的孩子，在这薄寒的时节还赤着脚，穿着粗布短裤与绒布小衫。其次的是六岁，再其次的大约四岁吧，他们两个着的衣服还干净，靠近了哥哥，哭得几乎要被死神捉去似的。确被咬伤了，一个脸上有伤痕，流着血，一个伤了腕，一个好像伤在脚上。

人们只是围绕着这三个小孩呀呀地嚷着。舅父喊着"喂喂"，挨进正中去，周围的喧哗就停止了。

在这瞬间，安利柯发见了个人与群众间的不可思议的关系。他悟到：虽有千人集在社会上喧扰，到了无计可施时，只要有一人物的一声呼唤，就可把秩序恢复的。

"什么时候被咬的？"舅父问。

"在二三十分钟以前。"旁人说。

"医生呢？"

"医生到辟德尔里去了，不在这里。"

"非快设法不可！好，由我来给他们疗治吧。喂，且慢，狗在哪里？即使被咬伤了，也许不一定是疯狗呢。"舅父又说。

这时,人声又喧扰起来,听不明白大家在说些什么。舅父于是问站在一旁的肉店主:

"谁曾看见这狗?"

"我曾看见。被咬的场所就在这里。我在店门口吸烟,见德阿特拉的孩子们用水桶盛着喷泉的水在玩。忽然,有只灰色的野狗垂了头跟跄冲过街去。孩子们见有狗来。用石子去掷;那狗叫也不叫,就跑近去,向那年长的孩子的脸上扑咬,在呼痛声中,又把那两个小的孩子扑翻地上,将手足咬伤了。等我携了棒去赶,那狗已向鲍查利街逃去。究竟是哪里来的狗,谁也不知道,桑·德连寨一向没有这样的狗的哩。"肉店主回答。

"哦,这也许真是疯狗呢。事不宜迟,赶快到药店里去叫他们预备好熨铁。"舅父这样说了,双手拉住两小孩。群众都把路让开,安利柯则拉了最大的小孩的手。

他们急急地向药店前进,群众也纷纷在后挤着了跟来。忽然有一老人排开了群众,惊恐地走进前来。

"怎么了?这,这真是……要当心!"一边说一边去抚那最幼的孩子的头,又说:"船长,老板,谢谢……谢谢你。我是孩子们的祖父,他们的父亲下渔船去了,母亲为了卖昨日捕到的鱼,正在赛尔兹那。"

"要赶快啊!要赶快啊!在德阿特拉从赛尔兹那回来以前,非先给他们急救疗治不可。"舅父这样回答了,就向前奔跑。

舅父带孩子们进了药店,把纷纷追来的喧扰的群众关在门外,自己与药剂师烧熨铁。

这时,有人叩着店门,慌张地喊叫:

"请开门!是我,是孩子们的母亲,是德阿特拉。"

店伙开了门,群众也随着德阿特拉挤入了许多。

德阿特拉把小孩一一抱近身边,整理他们的衣服,吻了他们的伤处,悲痛地合掌祈祷说:"请上帝救我!"一边啜泣起来。周围的人们也被引出眼泪了。其中有一个人安慰她说:

"喂,德阿特拉,别担心,别怕,不是疯狗啊!你的孩子们用石子掷狗,狗才咬他们的。"

安利柯素来多感,病后身体尚弱,见了这光景不禁唏嘘啜泣起来了。

"喂,安利柯,你回到家里去!"舅父见他受不住,所以这样说。

"不,舅父,我愿帮些忙。"安利柯说时还呜咽着。

"没有你的事啊!你一哭,这孩子们的母亲就要惊慌呢。"舅父又说。

恰好医生从辟德尔里回来了,从人群里挤进来探问情形。舅父似乎放心了,就说:

"那么,我失陪了。熨铁已在烧着,一切奉托。"他向医生交代了,拉了安利柯就走。

安利柯还啜啜地哭着。舅父假作没有觉察,毫不睬他。

二 英国的孩子是不哭的

舅父带了安利柯出来以后,一个英国籍的机械师也把自己的两个小孩带了出来,走回家去。一个是女孩,一个是男孩,都和安利柯一样,也在唏嘘地哭。

机械师回头骂那男孩说:"莫嘈杂,维廉!有什么好哭的!英国人不该哭!英国人是不哭的!"

很奇怪,那男孩因这一喝,竟止住了哭,只深深地嘘了口气。

安利柯回到家里，过了二小时，心情复原了，问舅父道：

"舅父，那个英国人真坏，他见自己的儿子因同情于德阿特拉而伤心，他反加斥骂。那儿子将来不是要被养成毫无同情心的冷漠的人了吗？"

舅父好像早已料及他会这样问，就说：

"你问得很好！关于这个，我正想和你讲哩。那英国人也不是无情的啊，可是不喜见他儿子哭。人即使不流泪，仍可同情他人，救助他人的苦痛。英国人把眼泪认作弱者的表征，认为与男子的荣誉不相称。这只要看那机械师不骂女孩单骂男孩，就可知道了。女孩子也许可以不养成勇敢的气概，至于男孩子，是非把勇敢当做荣耀不可的。

"眼泪是弱者的表征啊。婴儿、女人、老人，动辄哭泣，强健的男子是不哭的。哭的人会失去理智，任凭你怎样劝慰，也无法使他理解，并且你愈劝慰，他愈会哭得起劲。

"如果那英国人叫儿子不要同情他人的苦痛！那就不好。这样的人就是所谓利己主义者了。但英国人并不如此。只说'别哭！哭的是没用的家伙！英国人不该哭！'这是对的，是勇敢的教训，是锻炼意志的教训，是国民的自尊。

"那机械师对自己的儿子说，'别哭，英国人不该哭，英国人是不哭的，'他含着勇敢的国民的矜夸，对自己的儿子灌输大国民的气概。

"我不是英国人，是意大利人，原该比那机械师更伟大才是。但我已年老，气力衰弱，不再有如同那机械师一般的气概了。所以方才明知你在哭，却不骂你。还好，你已从英国人那里得到了好的教训了，那机械师已代我教育了你。

"还有一层,更是你非知道不可的。那机械师如果在勇敢的教训之后,再叫儿子送周恤费到德阿特拉家里去,那才是真正有价值的行为。哭是不应该的,他人有苦痛,应该救助,头脑与心,二者要活动一致才算完全的人:那儿子就可由此学得这样的教训了。为人最要紧的是心,其次是头脑,心与头脑,非一致地运用不可。"

第五

一　舅父的感慨

西北风呼呼吹动的那一日，舅父对安利柯说：

"喂，安利柯，不到海湾里驾船去吗？我已是七十老人了，但在这样的风中去驾小船，还没有什么哩。"

"去吧，去吧。"安利柯雀跃了。

到了海边一看，风却意外地厉害。

"舅父，风不是很凶吗？不要紧？"安利柯说。

"不要紧啰。你的裤子也许要被水沫溅湿，浪也许会比船舷还高，但是用不着怕。"

舅父说着，就逆着风向，把住了舵，把船驶出去。他一手拉住帆索，调节船帆，使船折着前进。有时很巧捷地转换方向，自己得意，有时现出小孩似的快活。

帆船孕着风，船飞速前进，浪花时时溅来。舅父坐在船后，愉快地说：

"啊！这样爽快的风，在头上吹拂，掠过耳朵，或是吸入胸中，我就仿佛立刻回到了少年时代，竟要再唱起儿时的歌来了。我真爱海，了不得地爱，意大利人如果都像我似的爱海，也许会成一大国民哩。这点要佩服英国人啊。以尊敬之心爱着海的英国人，已成了世界第一的国民了。英国人出身是穷的，就乘了船去求富；生在富家的，乘了快艇游戏，或乘了大轮船与全世界贸易。

"啊，这是多么美啊，海真好！我一见到这苍苍的大海，心就为之欢喜而陶醉了。我不是诗人，不知要把这欢喜怎样表达才好。

"唔，对了，我能这样地说：海在现在，和我在二十岁时所见同样的美，咿呀，不对，年老了来看，比年轻时所见的更美。任凭你怎样看也看不厌，愈看愈新鲜注目静看，就会浮起种种的念头来，海会使我的想念伟大高尚，在愤怒恼恨或有怨恨的时候，只要一看到浩渺的海，人间的苦痛就小如泡沫，会呵呵失笑起来，怨恨全消，心胸顿然开广了。在悄然而悲哀的时候，看到浩荡的海，那悲哀就像无涯的水平线……不，像那水天一色的彼方的雾似的消失了。有时感着世间的不义不正或矛盾，生了愤激，看到海，胸怀也就释然，把郁愤忘却了。海的世界里没有关税，也没有消费税，也没有什么分界，可以自然地悠然生息。啊，海欢迎着有一切进取勇气的人们。

"看啊！海比天空还清，比大地还富，海才是真正的生命之母。我们的未来将依赖海得到荣耀。哪，不是吗？自然把意大利安置在东洋与西洋之间，意大利比英国更幸福。哪，意大利有岛国的特长，同时还有着大陆的特长。意大利把头从欧洲伸出，只要数小时，就可把印度与非洲的产物运输到德意志的中央去。意大利身体修长，一脚伸出去几乎要碰到非洲，再略过去，就几乎可碰到亚洲了。

"意大利！在我们意大利的前面有着什么？有着地中海！地中海是文明的摇篮啊。马可·波罗到中国去，其出发点就是地中海。这地中海真可谓是全欧罗巴文明的市场与法庭。可是，有想把这地中海占为私有的人呢，我们应以守护这地中海为我们第一义务。

"不久,你就要决定你一生的方向了。我不知道你将来会成一个怎么样的人。但是,你无论生活于海上或是陆上,你不可不在口上或笔上尽力教示国民,地中海是意大利的。意大利是地中海的哨兵,又是护卫者。天把这任务托付了意大利了。可是意大利人怠惰,竟在'看帆船和轮船孰快',瞠目于外人的船只的竞争之间,任贵重的地中海——世界上最美的地中海被人拿去。啊,我们应把意大利的本来面目重行回复!应将自己的东西被夺认为耻辱,对天悔过!我每见到意大利的军舰,就馋涎下咽。我七十老人见到意大利的铁甲舰冲着这美丽的海湾的波浪,堂堂地进行时,几乎希望与人开战。要喊出:'来吧,敌国!看我完全战胜你!'"

二 糊涂侯爵的故事

头发被爽快的西北风梳拂着的舅父,只管对着海叙说他的回忆,加以赞美。这时候风已平定,船到了桑·卫德地方了。

舅父把岸上的堡垒、别墅以及散布在那里的村落指点给我看,然后说:"你看,那堡垒之下有一个栗树林,林的荫处错错落落地可看见有个别墅吧。"

"看见了。"安利柯回答。

"那个别墅可作我们人生的教训哩。"舅父感慨无限地说下去:

"那别墅是某侯爵的祖先建筑的。那时候,侯爵家曾有五六百万元的家财,可是现在据说已全然荡尽,仅仅留了那个别墅了。别墅四近只剩少数土地,侯爵靠这土地的收入,苦苦地过着日子。

"两年以前,我曾因事往访那侯爵。身入其中,见随处都是荣华与没落的对照,难过不堪。所谓侯爵者只是一个空名,其实际境况全然和长工或农民无二。我被招待入客堂,见斑驳的古壁上悬有培内契风的大古镜,地上铺着露出了底线的破地毯!五六个壁龛里摆着大理石的雕刻,杂乱尘污的小桌上,在玛乔利加制的缺口杯中,留着吃剩的咖啡与牛乳。

"凭窗一望,更了不得!其光景还要凄凉得露骨:廊下俨然竖立着大理石圆柱,廊下原有一个庭院,可是简直是肥料贮藏所,母鸡、小鸡、鹅、鹑鸡,都在撒粪鸣叫行走。庭隅的受水处,倒放着大理石像与柱饰雕像的碎片,这大概是作水沟的底石用的。还有五六只小猪,鼻间唔唔作响地在咬南瓜吃。蓬蒿等类莽莽蔓生,更不消说了。庭院的铺石也不完全,竟像作为厩舍或厨房用着哩。"

"为什么这么大的财产会立即荡尽呢?"安利柯听了舅父的话这样问。

舅父说:

"也不是他为人不好,只因为用钱太无把握,管理不得其法罢了。简单地说,就是太是滥好人了的缘故。原来做人无论好到什么程度,决不嫌过好的,但滥好人与好人却全然不同。侯爵是一个大大的滥好人。所谓滥好人者,就是做事不加思考,一味依从人言的人。现在住在那别墅的侯爵的父亲是一个滥好人的好标本。

"侯爵的父亲老侯爵不嫖不赌,也不曾做冒险的事业。可是做梦也料不到,他忽然破产了。"

"为什么?为什么这样并不坏的人,忽然会破产?"安利柯奇怪地问。

"因为这样的缘故,哪,"舅父继续说,"老侯爵遇有人来求助,从不推却;遇有人要他作保,也一一承诺。他原来是这样的滥好人,所以即使有诈欺者、阴谋者合伙了来谎骗,他也会唯唯应允。其实像这样的不论什么都依从别人,并不是行善事。

"如果只是借钱,那还有限哩。替老侯爵管账的执事是一个正直而有眼光的人,即使有人向老侯爵借钱,如果家里没有这数目的钱,他就会拒绝说'没有钱'。老侯爵知道了也只好说,'对不起,对不起,'把这一关度过了。

"但是遇到人不来借钱,而来请求做保人时,如果轻易承诺,那就不得了了。因为做保人,只要捺一下印就够了。老侯爵原是滥好人,遇到有人来请求作保,他也会一一答应。一千元、一万元、十万元,这样的保人,不知道他做过几多次。不消说有若干人因此得救了,但也因此而自己屡次被牵累,弄到要替别人负偿还债款的义务。

"有一次,有人设了一个工场,想用那赛尔奇尼亚地方到处皆有的名叫'凯琵朗'的植物的根来制取酒精,说这事业很有希望,可以收得三分之利。老侯爵信了这话,出了五十万元的信用借款。其实从'凯琵朗'的根上怎能采取上等的酒精?它只含有微量的劣等酒精。结果事业完全失败,老侯爵所借给的五十万元和愚笨的股东的股本一样,毫无意义地同归于尽。于是老侯爵就到了破产的地步了。

"啊,安利柯。愚笨的行为,其恶果所及不仅在自己个人。为了愚笨的事出钱决不是好事啊,因为其结果不但自己受愚弄,还非连累许多无知的关系者一同受苦不可的。世间很有想行好事而反害人的人。

"老侯爵的行事全是如此。有一天,老侯爵所出的千元支票忽然不能兑现了。老侯爵奇怪起来,叫了管账的执事来问是怎么回事,执事早已知道终有一天难免周转不灵,流着泪诉说了理由,然后忠告老侯爵说:'事情到了不得了的地步。所以我曾屡次向你诉说,请你非有确实把握,决不要替人作保。'

"执事这样一说，侯爵才恍如从梦中醒来，张皇不知所措。执事又流泪诉说：'有人向你借钱，我会告诉他没有现金，替你谢绝。但在保单上签名不是我的职务，你东家自己有着笔与印章，尽可不必问我有无现金，自由地替人做保人。你在那里怎么干，我却完全不知道。'

"知道了吗？就为了这个缘故。那时老侯爵家已连一千元的存款都没有了，所留给小侯爵的就只是那个别墅。那别墅还是在将破产的时候，靠律师的帮忙把它假作侯爵夫人的财产，才侥幸残留下来的。

"但把明明是自己的财产假作不是自己的东西，寄托别人的名义之下，这不能算是正直的行为。老侯爵如果真是正直的人，真守道德，那么就该不改名义，把那所别墅也给了债权人吧。

"可怜！老侯爵遭意外的灾难，感伤之极，终于把爵位与不义残存的小财产剩给了儿子，就死去了。那儿子虽有着相当的体格，却一无所长，没有恢复先业之力，只是悄然地站在雕像前面羡念先世的荣华，或是凭窗坐叹自己的无能，啃着先人的余物，过那贫困的生活呢。

"哪，安利柯，你现在和我同居于桑·德连寨，不要像那侯爵糊涂地把日子过去啊！第一，心情要好。但没有头脑的心情也没有用。希望你好好地发展以理性为基础的心情！"

舅父的话虽已说完，安利柯还凝视了别墅在沉思。舅父活泼地把转了舵：

"啊，回去吧。安利柯，风已全止了，你也来划船吧。"

第六

一　什么是作文题

安利柯在桑·德连寨已过了三个月，健康恢复了许多。那每月为他做两三次诊察的医生也说："已不要紧，就是做些文章，也不至于有害身体了。"

安利柯原和托里诺的先生有约：如果身体一好，就做了文章送给先生，先生批改了再寄还他的。

舅父一向主张与其读书，宁从实际的生活事件中求活的学问，对于作文的练习，最初曾反对。

"把一切的东西好好地去判断，这就是最好的学问。作文有什么用？你已能够写信给你的父亲母亲，作文的功课至此已尽够了。"

舅父曾说过这样不赞成的话，后来转忖：既然医生那样说，他自己如果欢喜做，也不妨任其自由。舅父原来是个兼有着这样谦逊的美德的人。

"我不善于写文章，但写出文章来，自己的意志、感情、思想，是能自由表现的。安利柯将来也许为法律家，也许为创作家，无论为什么，把自己的意志、感情、思想完全表出，是很要紧的事。好，就替安利柯在眼前找作文的题目吧。"

过不了几日，舅父就这样自忖。

二 这才是作文的好题目

别墅之后有田圃与农家，那农家所种的田一半是自己的，一半是租来的。一家的热闹快活，几乎像个小鸟之窠。

父亲年三十五，是个身体壮健的农人。妻也是个强壮的女子。妻于结婚后，大抵每年要产一孩子，平日不是见她授乳，就见她唱着歌。儿女最长的十岁，最小的还只二岁。最小的孩子生产时，认安利柯的舅父做了教父，把自己母亲的名字给了这孩子，取名为罗利那。所谓教父者，是"教的父亲"的意思，不但意大利，西洋各国小孩生下时，习惯上都要请一个人做教的父亲。

舅父时常开了后门，去访问那农家。舅父喜与小孩游戏，每次去的时候总带了水果、糕饼或是玩具去给他们。可是见孩子们的脸或手龌龊时，就藏过了带去的礼物，他叱责着说：

"挂着鼻涕哩！你的手何等龌龊啊！喂，把鼻涕拭了！喂，把手洗了！"小孩的脸或手原容易脏，但有时也有因母亲随便，弄得不干净的。

有一天午后，舅父在袋中满藏了东西，带了安利柯到后面的田圃去。把小门一推，那里就是那农家了。

农夫正在剪除那做篱笆用的柠檬的枯叶。母亲恰如母鸡似的被许多小孩环绕了，蹲在厨房门口的阶石上剥扁豆。

"罗利那呢？"舅父一见了她就突然问。

"呀！"母亲惊而且喜地说，"在摇篮里已睡了两点多钟哩。"

"好的，我去把玩具放在摇篮中吧。他醒来的时候，会转着眼珠弄得三不相信哩。"

母亲见舅父这样说，立起身来笑着说："呀，老板！因为你待他太好了，这孩子就和我疏远，一味欢喜你了。"

舅父不把这种恭维的话放在耳朵里。他徐徐穿过庭间走向楼梯，且对了安利柯做了一个暗示，叫他也去。

舅父做贼似的轻步走上楼梯。到了房间门口，见门关着，他握住那生锈的把手，想轻轻开门进去。把手轧轧作响，舅父怕惊醒了小孩，将把手旋转得很慢。

门总算开成了。罗利那果在摇篮中酣睡着。明晃晃的太阳由门间流入，射破了室中的昏暗，映在小孩的蔷薇色的颊上。

立刻，小孩把那水汪汪的大眼睛张开了，可是因为阳光太强了的缘故，重新又把眼睛闭上。舅父默然立着不动，似乎想让小孩再入睡。

不知为了什么，小孩虽闭了眼睛，却从小床上挣扎起来，浴着黄金色的阳光，用了那棕榈叶形的小手擦着眼睛。

小孩穿着无袖的白绒衬衣，从薄的纱布领间露出着春花一般的小头和小肩。其气象的清新纯洁，宛如朝晨的阳空，几乎使人想象起新时代的曙光。

舅父被这光景吸引住了，只是注视着。不论是贫家的小孩或是宫殿中的小孩，那种可爱的样子都一样地会使人从心中涌出希望来。舅父如醉如痴地看着，后来似乎以为这光景只一个人看是可惜的。把安利柯叫进房去。门洞开着，阳光任意地向内射着。

小孩还在擦眼睛。瞌睡尚未全醒，阳光又炫目，他满满地吸入一口气，又呼地吹出，似乎想把这阳光吹灭。

每夜以吹熄母亲点在枕畔的蜡烛为乐的小孩，现在居然鼓动了那蔷薇色的双颊,把天上的太阳光认作了蜡烛,想吹熄它了。

舅父指着小孩,宛然地对安利柯说:

"看啊,恨不能把这样单纯的比太阳还伟大的小孩的样儿,用画来画啰。不,写成诗更妙哩。如何,你有了很好的作文题了。这才是好题目:叫做'想吹熄太阳的小孩'。"

三 想吹熄太阳的小孩

当日不消说,接连几日,舅父一味和安利柯谈小孩的事。

"喂,安利柯!想吹熄太阳的小孩,使我成为诗人,比许多的哲学书更促我思考。多有趣,竟想吹熄太阳!这比之杀来杀去的嘈杂的戏剧,不更有趣吗?"舅父这样笑着说。

舅父还这样说过:"哪,安利柯!自然的单纯与伟大,真叫我吃惊哩!自然日日把了不得的庄严的东西给我们看,但其了不得,其庄严,即是单纯的伟大。鼓了小颊想吹熄太阳的小孩,……你试想想这单纯的自然的动作有多么伟大!如此了不得的事!谁能够啊?世间尽有为了自己的私欲,不惜杀人犯法的人,但想吹熄太阳的小孩那种伟大的欲望,谁曾有过呢?哪,唯其单纯,所以伟大啊?唯其单纯,所以了不得啊!"

舅父又曾这样说:"哪,安利柯!能使人感动使人思考的东西,要算自然了。非自然的东西虽能动人的心,但不能叫人思考。一个小孩在摇篮里,日光照在面上,这是世界中随处都可看到的自然。可是,这自然却能深入我们的心里面,叫我们深思。"

舅父又曾这样说:"对了,想吹熄太阳的小孩,我不仅找到了神圣的诗,发见了伟大的哲学,还想到了别的更重大的问题。想吹熄太阳的光,这话似乎很是愚妄无稽,但世间尽多这样的人呢。那种想蔑弃了世间的进化、正义与真理,把世界变成黑暗的人,其无知就是这类。知道了吗?毫不把事理放在眼中的人,和那想吹熄太阳的小孩是同类的家伙啊。小孩当然不能分辨小蜡烛和数百倍于地球的太阳。世间的无知者就是愚蠢得和小孩一样的人们。"

"有趣!有趣!"舅父还喜不自禁地这样说,"哪,无论怎样地鼓起了双颊,吹出的只是和太阳光嬉戏的微风;任凭你怎样地发了怒狂吹,太阳仍毫不动气,微笑着用那黄金色的光来抚摸我们。唉,太阳永不厌倦,永不疲劳,也永不冷却,年年日日把光与热赐予人间,一代又一代,太阳对于妄自夸大的无知的人们,不知给予过多少的恩惠!可是人们却把这赐予无限的富于生命的太阳忘却了,偷窃了些微的黄金粉末,就自以为我是天下的大富翁,骄傲不堪哩。如何,安利柯,你已有了很好的作文题了,就用了'想吹熄太阳的小孩'为题,把你所想到的写出了去送给托里诺的先生吧。"

第七

一　种诗的人

　　有一日朝晨，安利柯不见到舅父。舅父平日在早餐前总在庭间散步，今日不知怎么了。

　　"舅父怎么了？"安利柯去问女仆。

　　"略有些感冒，休息着呢。"女仆说。

　　"年轻人不注意一些也不要紧。年纪一老，就一些都勉强不来。"舅父近日曾吐露过这样的话。

　　安利柯去望舅父。

　　"舅父，好了吗？"安利柯带了忧愁探问。

　　"没有什么。"舅父坦然如无事。

　　向周围一看，舅父的枕畔桌上摆着一个绿色的水瓶。那是很好的瓶，上面刻着什么文字。安利柯正想去认辨，舅父说：

　　"你看，刻着什么字？"

　　一看，上列刻着"六月二十四日"，下面大概是什么符号吧，刻着G．B二字。

　　"知道吗？"舅父虽这样问，安利柯因为不知道，就回答"不知道"。

　　于是舅父说：

"六月二十四日是我的生日，G．B是我的旧友勃拉乔君名字的头字啰。这瓶是勃拉乔君为了贺我的生日，送给我的贵重的礼物呢。勃拉乔君已死去了,这瓶成了唯一珍贵的纪念品。我把水灌进这瓶时，总是亲手从事，从不委诸别人。因为万一被人打破，那就糟了。

"哪，我每次从这水瓶取饮时，就想到这位老友。二人间多年的交际……老友的卓越的一生……这样那样地想起来，不觉怀恋难堪。勃拉乔君是这街里的里长，曾被居民尊称为父亲。他创建学校，尽力于国家的统一，苦心于斯朵莱维产的葡萄酒与醋酸的改良，真是一个富有才干的人啊！不幸，他晚年双目失明了；可是他不但不因此颓唐，比未盲更快活,常说滑稽的话使人发笑。啊,他是神圣的人物。人一失明，什么都不自由，普通人不免要自叹苦痛。但他唯恐妻女们伤心，强作快活，故意说有趣的话引得人笑。哪，这种精神你知道吗？真是可佩服的高尚的精神哩。

"我每逢生日，就不禁想起他的事。只要一到葡萄的收获期，勃拉乔即把孟恢尔阿特种的最好的葡萄用大篮装了来送给我。

"因此，我把这瓶放在这小桌上。这瓶在我是高贵的纪念品。我每朝张开眼来，首先就看到这瓶，想到勃拉乔君，几乎要和亡友打招呼。唉，但是，这位老友，从二年前，已不能再听到我的招呼了。

"像我样的老人，完全生存于过去的追怀之中。我从年轻时起就搜寻种种纪念品，现在我的家几乎成了一个纪念品的博物馆。无论家具，无论装饰物，都是纪念品，无一不足以叫我追怀过去的悲欢。从店中买来的东西，任凭你怎样地珍贵华美，究竟不是纪念品，在我看去全是无生命之物。无论家具，无论装饰物，要成了纪念品才会有生命啰。

"哪，安利柯，舅父还想和你谈呢，请听我说。饮食、睡眠、衣着……

一切健康上所必要的，可以说是生命的面包。至于怀念、爱、思考，却是生命的葡萄酒。像我这样年老的人，葡萄酒常比面包更来得重要。我不是诗人，未曾写过一首诗，却想在人生的平凡琐事上种下诗去。一经种下了诗，任何平凡的事物也会生长出爱与想象，一切都会含有黄金，来把人心温暖的。

"安利柯，我还有话想说哩，哪，你在那里坐着听吧。"

二 全世界的纪念

"安利柯，我舅父睡在这里，仿佛见到世界五大洲的光景呢。

"请看这桌上，那里有一块方铅矿吧。那是赛尔奇尼亚的产物，我从配尔托沙拉采取来的。这使我想起欧洲的事。

"哪，这里有一块美丽的石头。这是玉髓，是我从美洲的瓦淮河畔采来的。

"这近旁还有一块闪闪发光的东西吧。这是冻石，是从喜马拉雅山麓的河畔取来的。这河的一方是独立国的锡金，一方是英领的锡金。见了这石，我就想起亚洲的风光。

"还有，那里有一块滑滑的石头吧，这叫做熔岩，是亚洲的东西。就在这近旁还有一块石英，它含有黄金。是纯金哩，从澳洲采取来的。

"这是从全世界采集来的五种石头。只要是旅行世界的人，谁都会见到，可是能注意它们，带回来作纪念品的人却没有。

"再看啊，那屋隅不是有许多手杖吗？这手杖的数目，正和地球上的国家数目一样多哩。我在散步时轮番使用它们，觉得全世界各国的大门的锁匙似乎已握在我的手中了。有时使我想起亚洲，有时使我想起非洲，有时使我想起波里尼西亚。

"哪，那里有一条竹的吧，那是从南印度的尼尔克里取来的。那有黄纹的美丽的石榴树手杖，采集自亚马孙河畔。还有最粗的一枝，是'弥内治巴'科的树枝，是从台内利化山斩取来的。这树大的竟是摩天的巨木。那里的手杖各有各的历史，真是说也说不尽。

"姑且说一件给你听听吧。那里有一条弯曲的葡萄藤的手杖吧，这是我在马代伊拉用一先令买来的。马代伊拉一带到处都种葡萄，居民唯一的职业就是栽培葡萄。我到那里去的一年，恰好葡萄的年成不好，全地的葡萄都患虫害，满目都是枯萎的状态。居民穷于生活，境况很是可怜。有人截了枯萎的葡萄藤制作手杖，卖给那从方契尔上陆到美洲或非洲去的旅客。

"当时的光景，想起来如在目前。卖给我手杖的是个面黄肌瘦的老人。他不管人家要不要，见了我就跑近来说：'老板，给我销一支！'

"问他每支多少钱，他说一先令。我拿出一先令买了一支。他说：'好了，好了，谢谢你！老板！谢谢你！托你的福，可以吃一星期了。'

"我见那老人如此道谢，身边带钱不多，就另给了他三先令，对他说：'一先令既可吃一星期，那么这样就可以吃一个月了。'

"于是，那老人又从胁下的一束手杖中取出三支来给我。

"令人怀念的不但是石榴与手杖啊。在我家里的东西，无论什么，就是庭中的一株树，也都涂着值得追怀的美丽的黄金的诗。我于没有人时，常和这些纪念品谈话，木或石有时甚至也会使我哭泣呢。所谓谈话，原不是用唇用舌，可是真令人怀恋难堪啊！"

三　珍重的手帕和袜子

舅父滔滔地谈着，快谈完了又这样说：

"年纪一老,人就会话多起来。我已话多了,话多了,就此停止吧。也许明日再说给你听,今日已尽够了,快要早餐了。你可去了再来,让我睡到正午吧。"

安利柯因为有事想问,就说:

"舅父,如果于你身体没有妨害,我还有一事想问呢。"

"唔,好的,问什么?"

"在这房内暖炉上摆着的爱托尔利亚坛,里面放着的是什么?舅父不是很重视这坛,常在坛旁供着花吗?究竟为了什么?"

安利柯这样一问,舅父就说:"唔,这吗?这是有理由的。就说给你听吧。"说着从床上半坐起身来,用右手按住了脸,深深地发出一声叹息。

安利柯注视着舅父,知道定有重大的秘密了。舅父从额上放下了手,说出下面的一段话来:

"这是神圣又神圣的东西。那坛的被发现,是在爱托尔利亚的扣莱地方,是古时希腊雅典人所制造的瓷器。扣莱地方有一个医生,是个很古怪的人,曾把这坛让与了我。你看那盖子啊,那盖子上面不是横着一个似睡又似死的女神像吗?这坛当是收藏二千年或以前的高洁圣女的遗骨的。究竟是谁的遗骨,原不知道。二千年以前,神圣的妇女确曾有过许多哩。她是希腊的诗人?是神的预言者?或是从犹太来的基督的弟子?无从知道,但不是寻常的人,是很明白的。至于现在,这坛里收藏着别人的骨,就是我母亲的遗骨啊。"

舅父说至此,默然深深地叹了一口气,然后用低沉的音调继续说下去:

"我已这样年老了,每次开那坛盖,就要哭泣。我每当要开了坛盖,拜见里面时,总是先将书斋门关牢,一个人偷偷地从事,因为如果被人见了加以嘲笑,就觉得对不住母亲了。哪,安利柯,你的血管中也流着和我母亲相同的血呢。等有机会，也给你拜见拜见坛内的遗骨吧。"

到了这里，舅父的语声已带颤音了，他又说：

"坛里面藏着一束灰色的长发，那是我母亲的头发。旁边还有全白的发，这是我父亲的。……此外还有一件东西，放在厚纸的小盒中，盒上写着：'拔落时不哭也不痛的爱儿白契的最初的乳齿。'

"还有呢，那坛里还有我父亲的锈了的海军用的小刀一把。还有麻样的头发，是用丝线缀在纸板上的，我母亲曾亲自写着：'可爱的白契三岁时之发。'

"此外还有一件，里面还藏着一方白的手帕。……啊！……这是母亲将死的瞬间，父亲给她拭额汗时的手帕。这手帕不曾洗涤，父亲曾取来收藏在一小箱里，想到的时候就对此吻了流泪的。后来，父亲在病床上自知将死了，叫近我去，吩咐我说：'喂！白契啊！给我取出那方手帕来！并且，我死的时候，给我用这拭额汗！'

"我曾依照所吩咐的做了。等父亲一断气，我蘧拢了那方手帕掩住脸孔。啊，在那时，我仿佛觉得在与父亲母亲接吻了！

"还有，安利柯，那贵重的坛里还藏着附带编针的灰色毛线的袜子呢。这是我母亲未及编成遗留下来的。那时母亲已在病床上了，说防白契脚受冷，替我直编到临终时为止的袜子。

"安利柯，你给我出去吧。……"舅父终于突然发出哭声来了，却还说：

"你可以去了，我已耐不住了。你也许尚未了解这些，在你，只要快活就好。哪，快到庭间的小路上去绕一圈，去吃早餐吧。"

安利柯点头从房中出来。关门时再回头去看舅父，舅父日来不高兴的眼中，晶晶地浮着露了。

第八

一 纪念的草木

过了两日,舅父已痊愈,步到庭间,好像已有两年不在家了的样子,这里那里地看庭间的花木。

"为什么这样欢喜花木啊?"安利柯陪着舅父,不觉又有些奇怪起来。

舅父的庭院有些别致,可以说是庭院,也可以说是田圃,不,可以说不是庭院也不是田圃。一方有着花卉,种着树木,同时番茄咧,卷心菜咧,却生在棕榈或苹果之下。什么葡萄、柑橘、橄榄,都枝触着枝,充塞着空间。种植虽密,因为肥料与水分充足,生长都很旺盛。

话虽如此,究竟不能直向上长,大概向着日光伸出枝条。如果有人把这些树木拔去一株,那就不得了,舅父要大发火了。有一日,后面的农夫考虑了又考虑,劝说:"这样,究竟是容不下的,如果把这许多大树十株中除去一株!……"

舅父听了大怒,说:"你管自去理置葡萄园与橄榄园好了。这里的事用不着你来管。在自然林中,会嫌树木太多吗?蠢家伙!只要是大森林,或是南洋一带的攀援植物的森林中,树木都重复抱合着生长，密得连人也不能进去，却仍能一一开花结实，真是了不得。树木这东西，断不至于像人类社会的样子有互相冲突残杀的事，无论何时总是和爱地大家繁荣的。"

安利柯不承认舅父所说的理由是正确的。安利柯深知道植物之间也与人与动物一样，有着弱肉强食的原则。觉得舅父的话，并非就全般的自然界而发，只是用以辩护自己所爱好的庭园而已。

话虽如此，舅父把自己的庭园比之于美洲或马来群岛的原始林，却是很适合的。舅父的庭园里，这里那里地伸着蔷薇的有刺的枝条以及柠檬或梨子的杈枝，人过林下，那些刺或枝就会把人的头，手或衣服抓住。

舅父走入小路，常把头低下或把脚斜放，可是仍不免被牵刺；避转头去呢，又碰在伸出的杈枝上；等勉强走出小路，帽子又被挂在树枝上了。

虽然如此，舅父却毫不动气，只是笑着，对那小心地跟在后面的安利柯说：

"你看，这边来欢迎我，那边又来抱我，似乎树木也知道爱与嫉妒的。我方才抚触它们的时候，它们不是曾向我点头吗？哪，树木这东西，比动物更来得敏感而善良哩。它们既不会咬人，又不会放出讨厌的臭气，而且不会为了逞贪欲而向人扑来。"

二 解语的草木

舅父来到空地上，又这样说：

"安利柯，我每晨到庭间来看，能知道草木或昆虫的心哩。这边的树木向我告渴，那边的树木叫我把根上的土掘松，好让空气透进去。

有的叫我捉虫，有的叫我折去碍事的枯枝。而在另一边呢，同类相残的虫儿们又细语告诉我，说在那里替我杀除戕害植物的蟊贼。虫儿们的话是真是假，一时很难分别，凡是有害于草木的虫类，我必全体驱除。我曾驱除过那可怜的营着社会生活的蚁儿们。只要是有害于草木的，当然不能宽恕啰。

"但是，还有比虫更厉害的敌人哩。最讨厌的强敌便是那含盐分的潮风罗。至于那强烈的名叫'勃罗彭斯'的潮风，真是再讨厌没有的东西。它会把盐潮的细雾吹卷上来，不管叶也好，花也好，蕊蕊也好，都毫不宽赦地吹焦，其凶狠宛如火焰一样。

"为了那家伙，使得那橄树不容易长大，像那柑橘，可怜每年要落两三次叶呢。但是，现在已不要紧了，那橄树像着了甲胄的武士，昂然排列在那里，'勃罗彭斯'的潮风即使呼啸着执着铁鞭袭来，也可抵御得住。其他，如柑橘类咧，蔷薇咧，阿尔代尼亚咧，也都已欣欣向荣，似乎在矜夸着说：'你看吧！'开着华美的花了。

"但是，安利柯！爱这些树木，不仅因为是我亲手所植，也不仅为了它们能给我新绿、好香或是甘果。我所以爱它们，因为各株各株都能替我溯说往事，引起可怀念的过去的记忆。这里的一草一木，也都像那石块与行杖一样，能替我诉述过去。不，它们是活着的，比之于石块与行杖更能雄辩地述说过去哩。哪，草木也和我一样，能感受，能快乐，能忍耐，并且，可怜，它们也和我一样可怜地要死亡啊！"如何？你不想听听这些草木的历史吗？""想听的，请说给我听吧。"安利柯回答说。"唔，那么坐在这里。恰好有一把大理石的坐椅在这里。"舅父叫安利柯坐下。

三　美丽的塞尔维亚

舅父乃开始向安利柯说：

"哪，那里不是有塞尔维亚吗？那和普通的塞尔维亚不同，花瓣两色，乃塞尔维亚的变种，叶小，花香也差，可是在我，却有着一种难忘的纪念。因此我不愿把它除了，另植别种。

"追记起来，那是母亲死时的事。父亲与我及亲属因为不知怎样处置母亲遗言中提到的财产才好，大家去访问村中的公证人，一同被招待到一间暗沉沉的寂寞的房子里。他们究竟谈说些什么，那时我还年幼，无从知道，只听到他们在言语中屡次提起母亲的名字。我终于哭出来了。

"于是，公证人说：'啊，好了，好了，不是哭的事啰。哥儿，快到庭间看花去吧。'我就匆匆地跑到庭间去，见花坛中两色花瓣的美丽的塞尔维亚正盛开着。我不知不觉地被吸引了，只是茫然地对着看；回来的时候就折了一枝，插入玻璃杯里。

"'好特别的塞尔维亚！'第二日，父亲看见了，说不如植在土中，于是就教我用盆装了湿土，把它植入，再将杯里的水灌注在上面。

"后来，这枝塞尔维亚从枝生出根来，渐渐繁盛，就移植在庭间。差不多近六十年了，现在是那样地茂盛。我见到那花丛，总不禁要引起深深的感慨：记起了那村中公证人家里的昏暗不祥的房屋，……教我把塞尔维亚枝种在土里的父亲，……以及我自己儿时的光景。由这个连及到那个，记起了种种往事，不觉感慨系之。曾和我父亲同到公证人家里去的人们，早已全都死尽了，所剩的只有这塞尔维亚与我。父亲死了，公证人也死了，兄弟辈、亲属，谁都死了，我也非死不可。永远繁茂生存的，就是这塞尔维亚。可是，这塞尔维亚如果没有你，它的历史也许就要没人知道了。"

四　威尼斯的金币与牦牛儿

舅父继续说：

"还有一种可爱的变种牦牛儿哩。哪，在棕榈背后长得很繁的就是牦牛儿。

"这也是儿时的事。我被一艘运贩小麦的商船雇为仆役，曾两次航行黑海。第一次回航时离第二次开船为期尚远，因为想在桑·德连寨度过这些日子，所以就回来了，那正是冬季。

"就是这时候的事啰。桑·德连寨住着一位从檐内巴来的退职的老医学教授。他的迁居于此，大概是想靠并不富裕的养老金来安闲地过其余年的。风景既好，所费不多就可过绅士生活，当时的桑·德连寨对于这样的人，真是再好没有的处所了。

"那老人有若干医疗器具，有蓄电瓶，也有摩擦起电器。大概很有着许多电气机械吧，常以制电蚀版自娱。他喜欢和小孩接近，拿出种种机械给我看，或闪闪地发出火花来使我惊异，真是一个很好的老人。

"不久，我和老人就亲近起来了。老人教我制电蚀版的方法。用一个旧瓷瓶，一个蒸馏器，一片亚铅，巧妙地装置了，教我把古钱移印到铜板上去的方法。一时俨然成了一个古钱学的研究室。

"曾移印过许多东西：西班牙的金币也移印过，檐内巴的金币，罗马的金币，还有从各处借来的种种货币，都移印过。因为太有趣了，见别处有古钱，就立刻借来移印，把电气化学的装置郑重地保存着。

三 美丽的塞尔维亚

舅父乃开始向安利柯说：

"哪，那里不是有塞尔维亚吗？那和普通的塞尔维亚不同，花瓣两色，乃塞尔维亚的变种，叶小，花香也差，可是在我，却有着一种难忘的纪念。因此我不愿把它除了，另植别种。

"追记起来，那是母亲死时的事。父亲与我及亲属因为不知怎样处置母亲遗言中提到的财产才好，大家去访问村中的公证人，一同被招待到一间暗沉沉的寂寞的房子里。他们究竟谈说些什么，那时我还年幼，无从知道，只听到他们在言语中屡次提起母亲的名字。我终于哭出来了。

"于是，公证人说：'啊，好了，好了，不是哭的事啰。哥儿，快到庭间看花去吧。'我就匆匆地跑到庭间去，见花坛中两色花瓣的美丽的塞尔维亚正盛开着。我不知不觉地被吸引了，只是茫然地对着看；回来的时候就折了一枝，插入玻璃杯里。

"'好特别的塞尔维亚！'第二日，父亲看见了，说不如植在土中，于是就教我用盆装了湿土，把它植入，再将杯里的水灌注在上面。

"后来，这枝塞尔维亚从枝生出根来，渐渐繁盛，就移植在庭间。差不多近六十年了，现在是那样地茂盛。我见到那花丛，总不禁要引起深深的感慨：记起了那村中公证人家里的昏暗不祥的房屋，……教我把塞尔维亚枝种在土里的父亲，……以及我自己儿时的光景。由这个连及到那个，记起了种种往事，不觉感慨系之。曾和我父亲同到公证人家里去的人们，早已全都死尽了，所剩的只有这塞尔维亚与我。父亲死了，公证人也死了，兄弟辈、亲属，谁都死了，我也非死不可。永远繁茂生存的，就是这塞尔维亚。可是，这塞尔维亚如果没有你，它的历史也许就要没人知道了。"

四 威尼斯的金币与牦牛儿

舅父继续说：

"还有一种可爱的变种牦牛儿哩。哪，在棕榈背后长得很繁的就是牦牛儿。

"这也是儿时的事。我被一艘运贩小麦的商船雇为仆役，曾两次航行黑海。第一次回航时离第二次开船为期尚远，因为想在桑·德连寨度过这些日子，所以就回来了，那正是冬季。

"就是这时候的事啰。桑·德连寨住着一位从檐内巴来的退职的老医学教授。他的迁居于此，大概是想靠并不富裕的养老金来安闲地过其余年的。风景既好，所费不多就可过绅士生活，当时的桑·德连寨对于这样的人，真是再好没有的处所了。

"那老人有若干医疗器具，有蓄电瓶，也有摩擦起电器。大概很有着许多电气机械吧，常以制电蚀版自娱。他喜欢和小孩接近，拿出种种机械给我看，或闪闪地发出火花来使我惊异，真是一个很好的老人。

"不久，我和老人就亲近起来了。老人教我制电蚀版的方法。用一个旧瓷瓶，一个蒸馏器，一片亚铅，巧妙地装置了，教我把古钱移印到铜板上去的方法。一时俨然成了一个古钱学的研究室。

"曾移印过许多东西：西班牙的金币也移印过，檐内巴的金币，罗马的金币，还有从各处借来的种种货币，都移印过。因为太有趣了，见别处有古钱，就立刻借来移印，把电气化学的装置郑重地保存着。

"后来,老人说还要教我仿真金币的镀金的方法,我真欢喜万状了。这时,恰好附近住着一位患疯瘫病的穷船员,他有一个威尼斯的古金币。我和他商量想借,他不肯。不知道恳求了多少次,他老是不答应,说什么这是身上的护符,未死以前决不离身。但他愈不肯,我愈想借来移印。结果,赖了教父的力,以两日归还的条件借到,我那时真欢喜得了不得。

"只有两日啰,一不小心就要到期的,想赶快试看,于是整理好了做金币形环的装置,着手做种种实验。

"'已好了吧,金币的正面定已移印完全,再来改印反面吧。'一边这样想,一边急把所装置的器具打开了看。没想到不知为了什么,原来的贵重的金币不见了。漏掉了吗?细看也没有地方会漏掉。我以为自己眼花了,屡次地在器中搜索,合金是有的,贵重的威尼斯金币却没有了!

"'完了,一定是金币被熔入合金中去了,把这熔解了来看吧。熔解以后,金币就会重新出来吧?'我这样想,战栗地把它投入熔器中发火来看。金属渐渐熔解,表面现出了微微的一点黄金。

"这是为什么?失败是一定的了。我突然就哭了出来,同时又觉得事不宜迟,就飞也似的奔跑到老教授家里,一五一十都告诉了他,和他商量。

"老教授说:'这是很明白的,那威尼斯金币本是镀金的赝物,所以就熔解了。你看,这里剩留着些微的像黄金的东西哩。'

"呀,不得了了,如何是好!我嘱老教授把这事暂守秘密,就跑回自己家里大哭。那可怜的船员视同性命的古金币,将怎样赔偿呢?我不能借口于那古金币是赝物就卸了责任。我的脑汁几如熔锅一样地沸腾了。

"静了心沉思至一小时之久,忽然发现了一线光明。我有着些微的储蓄,那是为了想买猎枪或手枪,多年间积下的,藏在一个陶制的扑满中。我即从抽屉中取出,扑碎了扑满,铜币与银币就散杂地滚出来,数了数,共三十二元五角七分。

"'有了这点钱,买一个威尼斯金币当尽够了。'我一边思忖,一边急忙向斯配契跑。

"脸跑得绯红,汗如雨下,才到了斯配契的一家兑换铺门口。

"'这里有威尼斯的古金币吗?'我喘息未定就问。

"'咿呀,这里没有。勃里奥耐街的——由这里去靠左的那家古物金器铺里也许有一个,亦未可知。'

"我着急了,又喘着气走,到了那家金器铺门口,连忙问:

"'有威尼斯的古金币吗?'

"'对不起,没有。'

"'贵一些也不要紧,如有,就卖给我吧!'我哭脸相求。

"'那么,你且请坐,待到楼上去找找看吧。'

"主人说着上楼梯去,店中只留了主妇一人。我耐不住左右彷徨,或茫然地看那窗饰,或伸手进口袋去捏那三十二元五角七分的钱包,真是焦灼万状。

"店的后庭中有一个花坛。我本是爱花的,又想暂时把心安定下来,就请求主妇让我进去看看花。

"'请便,牻牛儿正盛开呢。'主妇很亲切地答应了。

"那花坛和这里的花坛完全无二,我一边看着花,一边又担着心;如果这家铺中没有威尼斯古金币,将怎么办?忽然在乱开着的牻牛儿丛中,见到有闪闪发光像金币的一朵。这无聊的慰安,一瞬间就梦也似的从心中消失了,于是又茫然过了许多时候。

"'哥儿,有两个呢。请你自己来看。一个已很残破,一个是完整如新的。'主人呼叫我说。

"我这才如被从梦中唤醒,去看那两个金币。其中完整的一个,和那船员的护符——被我如糖一般熔化了的一式一样。我忘了一切,把它攫到手里。

"'这要多少钱?'

"'三十元。'

"这太贵了,欺我是小孩子吧!也曾这样忖,却不敢说出什么话来。决心地从袋中取出钱来想付,心中又突然生出一种不安来:如果这是赝物,将如何呢?

"也曾想查问是否赝物,可是我毕竟是孩子,不敢像煞有介事地假充内行,只好把金币在柜台上丢了一丢,把圆的金币立在柜台上,用指一弹,就团团旋转,既而经过一次摇摆即'滴铃'地躺倒。在我听去,那声音比大音乐家洛西尼和培尔里尼的歌剧还可爱。

"主人从旁注意我说:'请藏好,这是真正的威尼斯金币哩。'我就执了金币飞奔回桑·德连寨来。

"当把金币交付到那可怜的船员的手中时,我怎样地欢喜啊!大概因为以赝物换得了真物的缘故吧,船员的沉滞的眼光顿时现出喜悦的光辉来。我那时全然忘去自己的苦痛,心中充满了愉快。

"啊,我行了善行了。但这事尚未曾告诉过谁,今日才说与你知道。在这长长的数十年中,我一想起当时的事,就暗自喜悦,把心情回复到少年时代去。和这善行的欢喜合并了不能忘怀的,就是那古物金器铺庭中的牦牛儿啰。

"看哪,华丽的牦牛儿开着和旧时一样的花呢,那花丛中的像威尼斯金币的一朵,曾把我幼时的心梦也似的安慰过。在长期的航海生活之后，我在此地决定了安居的计划，当做往事的纪念，就择了和在那金器铺庭中同种的牻牛儿来种植。每年一开花，我对了花丛，恍如回到了少年，感到无限的幸福哩。"

五　可爱的耐帕尔柑与深山之花

舅父乘了兴头，又继续说：

"我庭园中的草木——都有历史，如果要尽说，怕要费一个月的工夫呢。而且这里所种的，大概都是难得的异种。

"你看，那里有柑子吧。柑子原有二十种光景，肉有黄色的，有白色的，有赤色的，味也各各不同。有一种是香味的，连叶子都香，花香得更是特别。此外还有帕莱尔玛种的异种，印度种的大种。我所最爱的是，哪，在那最中央的耐帕尔种。那是我在巴西时，名叫洛佩兹·耐泰的有名的外交官送给我的。我当做巴西的土产背了回来。

"葡萄牙人称耐帕尔柑为脐柑，脐原大，品种好的却没有核，即有也极小。在巴西，每年结实两次，既香，味又甘美，最好在未熟时吃。种在这里已不如在巴西的好了，但在我，柑类之中最爱的还是耐帕尔柑。巴西真是好地方，那里的人都很亲切，他们把意大利称为第二故乡而怀恋着。方才所说的那个洛佩兹·耐泰君曾和我相约：如果他所赠我的花木盛开花了，他就想亲自到这里来看一看呢！不好吗？像这样的人，真是可令人怀恋的好人啊。

"可是，安利柯，也有在别处毫无价值的植物，一植在我这庭园里就变了很好的东西的。这因为我培植得当心，土壤、日光、肥料都安排适宜的缘故。其中有一种名叫'猪肉馒头'的东西。

"'猪肉馒头'在意大利的阿尔卑斯山中遍开着引人可怜的花，

芳香婀娜,是幽美的花草。圆圆的球根上面伸出可爱的叶与花,更有趣的是,它常与姐妹花的堇同生在一个地方。堇是有谦让的美德的,而'猪肉馒头'这家伙呢,却不管是岩石的裂隙里,栗树的老根旁,无论何处,在天鹅绒似的苔中,布置它自己的花床。这家伙在阿尔卑斯那样幽湿的地方,开着蔷薇色的可爱的小花,喷喷发香,行人闻到了常称为'飞来的接吻'。

"可是,在桑·德连寨,却都是'猪肉馒头'的仇敌。土壤、太阳、空气,什么都不合它的脾胃。所以无论你怎样移植,都不免枯萎。有一次,我带到地中海边去试种,也不行。后来又改换方法,把它种在檞树之下,茎是抽得很高,花竟一朵也不开。终于被我想到了一个好法子:在那无花果下面,混合别种的泥土,把它种了,就开出很好的花来。我所种的原是像在勃里安寨或可玛湖畔所见的良种。现在那有青条纹的黝暗的绿叶正在苔上匍伏了休眠。将来秋天盛开时,你可以送一束给你母亲。"

六 "猪肉馒头"与悲壮的追怀

安利柯忘了一切静听着,舅父愈加有兴头地说下去:

"你听我说啊,我从这'猪肉馒头'曾受到一个大教训哩。

"人这东西是困难愈多愈快乐的。靠了父母丰厚的遗产过安逸生活的人,无论干什么都无趣,结果至于连自己的身子也会感到毫无意义了。

"我也曾屡次听见人说:世间并无所谓幸福的东西,即有,也是偶然的时运使然,是一时的。其实,这话大错。幸福不是偶然的时运,乃是努力的结果。我们能制造美物,行善事,赢得财富与名誉,……

同样，我们也能因了努力与勤劳，获得幸福。

"呀，这成了俨然的哲学议论了！暂且停止了去看看葡萄吧。"

舅父说着拔起脚来就走，且说：

"你看，这里有很好的葡萄藤。"

舅父的话又由此开始了：

"这也令人难忘，因为到种活为止，曾费过不少的苦心。但我的爱恋它，不但为了种的时候的苦心，实还有更值得纪念的往事。且听我告诉你。

"我的朋友之中，有一个名叫勃罗斯匹洛的船长。他也是桑·德连寨人，和我同事过不少年月。有一时期，我和他共同买了一艘轮船，装运西西里或赛尔奇尼亚产的葡萄到意大利，航务上的指挥则二人轮流担任。

"勃罗斯匹洛是一个大野心家，如果遇到机会，保不住不做不正的行为。所以我很留心顾到他。

"有一日，勃罗斯匹洛说：'第一要防备被偷窃啊。他们恨不得欺诈我们，我们当然也有反转身来欺诈他们的权利啰。'

"我回答他说：'咿呀，不对。只要正直无愧，就什么议论都不会发生的。良心就是无上的裁判官。如果把良心所命令的事用了头脑去做，即不会有错误。只要是有利于己的事，人就容易诡称为善行，可是良心在内心大声怒责这种任意假造理由为恶行辩护的罪人。仅是理由，不能遏灭良心的呼声。照良心之声思考了去实行，就什么问题都没有了。'

"在二人之间，这样的意见之争，不止一次二次。勃罗斯匹洛对于我的话常摇头表示不服，可是口头上却勉强地答应遵从我的希望去做。

"后来,我因别事到了桑港,有两年没有回来。消息阻隔,无从知道勃罗斯匹洛的状况。

"及由桑港回来,先到日内瓦一行,才回到久别的桑·德连寨。勃罗斯匹洛迎待我时,莞尔笑说:'请代我欢喜,有一件很得意的事哩。我在勃列克号船上可赚十五万元。'

"我并未欢喜,反吃了一惊。'这究竟是什么一回事?'我急忙问。

"'没有什么,将来再详细地告诉你吧。'勃罗斯匹洛很是泰然。

"我很担忧,急思探询事情的内幕。不料未到一星期,日内瓦的裁判所即来把我和勃罗斯匹洛一并传去。原来他已被人以诈欺取财的罪名告发了。

"幸而勃罗斯匹洛的律师辩护得好,事情顺利,得宣告无罪。可是我总不放心。及从勃列克号某旧船员探明真相,为之大惊,原来勃罗斯匹洛曾行了昧心的大欺诈。

"只要有钱赚,就什么正义道德都会蔑视的勃罗斯匹洛,曾向船货保险公司用了大大的诡计,骗得了大大的横财。当我不在时,他就独自管领勃列克号的。从马赛开出的时候,他竟瞒了受主,用盐水装入许多桶中,冒充葡萄酒,保了很大的险。不消说,许多桶之中有两桶是真装葡萄酒的,保险公司来检查时,他运用手法,只把真的两桶给他们检查。

"于是,船出海了。他要瞒骗葡萄酒的受主,就在航行中故意制造危险,把船驶上小礁去,先叫船员避难上陆,再雇人把假货抛入海中。这样一来,价格四万元的勃列克号是乌有了,他却可以赚进十五万元的保险金。

"我从那旧船员得知了内情,就立刻跑到勃罗斯匹洛那里,硬压住气愤说:

"'勃罗斯匹洛君!你在想昧了良心发横财呢。'

"'说哪里话,官司不是胜诉了吗?'他呆滞了一会儿,支吾地回答。

"'请勿欺骗我。你无论怎样地为自己辩护,你的律师无论怎样会弄舌巧辩,我是不答应的。'

"'你何必来说这样的话呢?事情已早解决了。'勃罗斯匹洛仍想逃避。

"'你干的不是欺诈吗?快把保险金如数退还保险公司。'我板起脸说。

"'那就一面失去了勃列克号,一面还须负担所装货物的损失了。'勃罗斯匹洛说出他的难处来。

"'你说货物吗?货物我不知道。至于勃列克号,原是我和你的公有财产。现在我把我的一半的权利全部让给了你。我重视你的名誉,如何?但愿你自己勿再做有丧于你的名誉的事。我从此不愿再与你共事了,请你独自一个人去做吧。'

"我这样说了,就和勃罗斯匹洛告别。大概我的话很激动了他的良心了,勃罗斯匹洛终于不曾向保险公司去领保险金。但是他名字上仍留着了一个拭不去的污点。

"这以后,虽听说勃罗斯匹洛曾向南美阿善丁国的勃爱斯诺·阿伊莱斯①航行,可是详细情形无从知道。这样地过了八年,有一日,我接到他从列瓦来特发出的信,拆开一看,信中简单地这样写着:

"'久不写信给你,很对不起。我今患了重病在此疗养,自知已无生望了,寂寞不堪,苦思与你一见。请来看我一次,这是我最后

---

① 今通译为阿根廷的布宜诺斯艾利斯。

的祈求。'

"我那时尚未忘去勃罗斯匹洛的罪恶,每次想到,就感到刺心也似的苦痛,涌起难遏的怨念来。因此虽接到了信,究竟去看他呢,还是不去?却思忖了好一会儿。终于被那最后的祈求一语所牵引,决定到可玛湖畔的列瓦来特去看他。

"勃罗斯匹洛患了厉害的中风症,在病院疗养。我去看他时,他正在安乐椅上卧也似的坐着。一见到我,什么都不说,只呜呜地哭了起来。好一会儿,才颤抖着立起走到桌子旁,开了抽屉,取出一个大大的纸包!

"'这这……这里面盛盛……盛着二万元,是勃勃……勃列克号的代代……代价的——一半。你你……你为了我我……我的名誉,曾大大……大度地把把……把这给予了我。托托……托了你的福,我我……我在勃爱诺斯·阿伊莱斯大大……大赚了钱。现现……现在把这奉奉……奉还给你。这这……钱不是作作……作了弊赚来的,我我……我为想恢复男男……男子的名誉,什什……什么苦都已受受……受过。请请……请把这收了……'他这样口吃着恳切地说。

"我被他的态度所感动,一言不说,接受了纸包。勃罗斯匹洛口吃着继续说:

"'白契君:我我……我现在把债金还还……还清了,你你……你非恕宥我不可。知道我我……我的罪恶的,恐恐……恐怕只有你一人吧。我我……我不得你的恕宥,无无……无论如何不能到下世去,请恕恕……恕宥了我。恕恕……恕宥了你你……你的老朋友。'

"我对着流泪忏悔的勃罗斯匹洛,自己也几乎要出眼泪了,可是竭力忍住了,用严格的语调对他说:

"'那么请凭了良心说真话,你在勃爱诺斯·阿伊莱斯,八年之

间确在正直地劳动吗？'

"'当当……当然啰。凭凭……凭了母亲的名字,我我……敢……'勃罗斯匹洛这样口吃着回答。

"我听到他这样说,就安慰他:'好,那么,我不再把勃列克号的事放在心里,也不再计较你过去所做的行为了。请安心吧。'

"这样一说,勃罗斯匹洛欢喜得至于紧抱了我放声而哭。他从那时重新另做了人了。

"这原是可喜的事。但我因不放心勃罗斯匹洛的病势,不好即走,暂留在那里看视着。勃罗斯匹洛拄了手杖由仆人随护着,蹒跚地在屋外像小孩一样地行走,愉悦地看那四周的风景。见到附近有开着的'猪肉馒头',他就摘了一束花来送我。他从前只认识金钱,因了灵魂的更生,心情已变得如此优美了。

"我这才放了心,到第十日就向他告别。勃罗斯匹洛见我要走,很是悲伤,牵住了我呜咽流泪,恋恋地反复对我说'再会',说'祝你好'。

"我登上马车,最后回头去呼'再会',勃罗斯匹洛忍住哭泣'噢噢'地高叫,悲感之极,发不出明白的声音来了。

"下了马车,正要把行箧提到湖中的轮船上去,见还有一个大大的包,写有我的名字。还附着一张勃罗斯匹洛的字条,字条上这样写着:

亲爱的白契君!

我知道你爱'猪肉馒头',为了想送给你,特于散步时采集得百来个球根,请带去种在桑·德连寨府上。开花的时候,我当已早不在这世间了。但你总会记及我的吧。我曾一次犯罪,幸得你的恕宥,我可以安心而死了。再会,白契君,永久再会!

　　　　　　　　　　　　勃罗斯匹洛拜"

※　　　　　※　　　　　　※

舅父沉默有顷,叹息了一声,对安利柯这样说:

"安利柯,我怎样爱护这'猪肉馒头',你可知道了吧。勃罗斯匹洛是死了,花却年年发放好香。我每次见到花,不禁就想到一生间悲壮的往事来!"

七　别怕死

舅父又感慨无限地向安利柯说:

"安利柯,我一味对你说些死去了的人的事情,这也许是年龄老了的缘故吧。活着的人往往把死人忘掉,即使记起了也要加以忌讳。其实仔细想来,生与死是联结的,活着的人总免不掉死。所以从幼时就非不怕死不可。为了正当的事光明磊落地死,有什么可怕呢?在正直的人,死是安静而快乐的。

"人这东西是很奇怪的。一方面竭力地使死人从家里离开,不再记得。及到了忌日,大家却又流了泪把无可挽回的事无聊地互相谈说。有时候还要不惮遥远到墓地去拜谒。

"我却不然。我不把墓场造在远处,就造在自己家里。我不把死人当做已死者,而认为他是永远生存而可亲近的人。你看,这里的草木都是故人的面影。我无论坐在室中,无论徘徊在庭间,都常与故人谈笑。有时,草木的芽或花能显现故人的面影,欢迎我说:'我在等你呢。'

"远远的墓场,土下只有故人的骨,而我的家里,却有故人的灵魂活着,还发光吐香。死去的人是毫不用怕的,如果你觉得死人可怕,那定是你入了恶道的时候。所以非把怕死人的心情除去不可。

"一切东西,是活着的生命,同时也是要死去的生命。现在欣欣向荣开花的草木,一遇到冷寒的秋风,就非飒飒枯落不可。在同一气候中,叶也有强有弱,尽有未秋先凋的。对于飘然落下的叶来说,泥土就是它的墓场。但从这墓场里,却萌芽出新生命来。

"我们应爱人生,乐人生,把人生弄得更美更善。但不可因此做怕死的怯弱者。死是休息疲劳的安息,是白昼好好劳作以后的黄昏啰。死不是如怯弱者所见到的草藁人,也不是如绝望者所见到的幽灵。

"记起亲爱的故人,是可爱的事。把亲爱的故人的灵魂留住在自己的屋里或庭间,是一种极大的快乐。因为无论住在屋里或步行庭间,都可与故人晤对。生与死是用了可怀恋的爱的绳联串着的,好像今日与昨日相联串着的样子!"

第九

一 伟大的国民性的大教训

某星期日,安利柯与舅父二人应街上的医生之招吃了午饭,愉快地一同回家来。街上走着许多人。

舅父衔了桃心木的烟斗,一边走,一边快活地喷着云也似的烟雾。

舅父的吸烟真妙,因他所喷的烟的样子可以推测其心境如何,所以特别。微弱的烟像断云似的断续而出时,那就是暴风雨快要到来的征候,不久即要发怒了。所喷的只是细而连续的烟时,那就是下时雨的时候,是舅父心里有着什么悲哀而悄然的征候。如果大云与小云汹涌地交互喷出,那就是气象易变的当儿。像今日似的尽是大云卷叠而出,那是表示气象的晴快,是舅父心里快乐的征候。

安利柯见了舅父喷出来的烟,不觉暗中窃笑着说:

"舅父。"

"唔。"

"舅父今日很高兴哩。"

"唔,不是没有不高兴的道理吗?方才和最要好的朋友愉快地共进午餐回来。你呢,又较前强壮得判若两人。街上的人都快乐地走着,熙熙攘攘。这许多人经过了六日的劳动,在今日星期天快乐地游戏着。

啊！我很满足！置身在快乐的人群之中，此外更有何求呢？"舅父说。

"但是，舅父，这许多在街上行走着的人们，自己都觉得是幸福的吗？"安利柯问。

"唔，似乎很幸福呢。至少今日是觉得幸福的，明日也许就难说了。过了幸福的一日，一到明日早晨就有的入海，有的到工场，有的执棹，有的执锤，也许要感到不舒服吧。但这也不过暂时的事，不久就会说说笑笑，或是吹着口哨，去快乐地着手工作吧。"

安利柯点点头。

舅父继续说：

"从这里可以一眼看到那个村子的风景吧。那个村子有五六百居民，只要查察那五六百人的生活情形，那么国家中发生的问题也就大体可以知道了。

"那个村子和这条街的情形略有不同。这条街是小街，也和那村子一样，住着许多阶级不同的人们。这原是到处都如此的。但在这街上，却没有一个人是用财产的有无和地位的高下来分别待人的。

"这街上并无百万的巨富，连五十万的富人也没有，最有钱的大概就是我了。但我的财产也只能维持生活而已，此外更可想而知。各家都仅能糊口，财产虽不多，这些人们，却有着爱自由平等的精神，真可称赞。这精神才是比石炭大王之富更贵重的东西啊！

"住在这里的人们中，有些人仅就山岩的瘦地种二三株葡萄或一年仅能取半樽油的橄榄，劳苦万分。至于住所，有的竟只有堆柴间那样大。话虽如此，却仍能糊口，衣食一切均以血汗得之，不曾受惠于他人，也不曾盗取他人的什么。人的尊严，要这样才得保持。

"这条街上不能自食其力的一个都没有。如果有向你拱手求布施的，那必是从别处来的人。

"喂,安利柯!人的第一步就是尊严啰。卑屈不正的家伙不是人。这街上的住民都是尊严的人物哩。你见到他们在路上彼此相见为礼的样子吧。他们之中,屈腰如猫,将手中的帽低触到地的人,是一个也寻不出的。即使全世界的富豪浮勃利可谛到了此地,他们也不过称他一声'卡洛叔'而已。这也并不是高傲,他们觉得与其尊称他为贵族或高爵,不如对他用亲切的称呼好。

"你看,他们在今日的休息日快乐地游戏。他们之中,前六日间有的在船上劳动,有的在兵工厂劳动,有的在公署劳动。到了第七日的今日,则愉快地嬉游。不是吗?有吸烟的,有饮苹果酒的,也有眺望着海的。还有人在店肆里或酒铺里。可是他们用自己的钱去买,决没有赊欠钱的。

"哪,那里有许多女人哩。这些女人和别处的女人大不相同吧。都那样地挺直了身子愉快行走着。她们之中有炼瓦女工,有挑担贩鱼的,也有农人,可是都如此漂亮。她们在前六日中都是撩起了衣襟或是赤了足奔走的,今日却足上穿着十五元或二十元一双的鞋子,颈上围了围巾,还在松松的发上插戴着美丽的花……你看,不是三五成群手挽了手在那里快乐地来往着吗?

"哪,的确,这里的人都有一种崇高的地方。至于报恩的精神,真是了不得,别人有恩于他们,他们也以恩相报,偶然些许的好意,他们也总不忘怀,永久地心感着。我久客外国,无论在何国,从未见有这样的好风气。那时偶然回来,见到些微的帮助也要百倍千倍地报答,颇以为是愚事,后来才知道我大大地误解他们了。

"曾经遇到过许多这样的事:有一日,一妇人来说:'我的孩子死了,肯给我一枝花吗?'我就折了给她。

"又有一日,一个男子来说:'我的儿子想入兵工厂去学习职工,不给我介绍介绍吗？'我替他介绍了。

"又有一日，来了一个水手，恳求我说：'我并没犯什么过失，不知为了什么，被认为犯了罪，要受法律裁判。我决没有那样的行为，你不能代我设法求赦免吗？'我答允了他，设法免了他的处分。

"后来，这三人的家属每逢季节必送礼物来。鱼唎，无花果唎，蕈菌唎，按时送给我。我不快起来了，终于在第三次送礼物来的时候，我愤怒地叱责说：'这算是什么？我只帮了你们一点小忙，你们竟要如此多礼！我并不是要想得你们的礼物才帮你们的，只是高兴帮忙就帮忙吧唎！'

"我这样怒叱，不曾想到他们送礼物来是出于真心。结果我也只好释然于怀，为方才的误会道了歉，快快活活地把礼物收受了。

"你想：这礼仪谢恩的心底里，不是含有高尚的感情及别种更可尊贵的东西吗？哪，谢恩的心原是高尚的，而他们在这高尚的心中还有一种自尊的精神，就是以为：自己虽贫穷，却能送礼物与有钱有势的人。

"安利柯，这才是重要的事啊！人没有自尊心将如何呢？即使不免显得高傲，自尊心仍是可尊贵的。有自尊心的人决不会干卑屈的事。无论是怎样的穷汉，只要他有强烈的自尊心，就可使大富豪拜服他。

"这自尊心究由何而生的呢？赤手空拳始终和世间波涛相搏的人……觉悟到除了自己的力，自己的手腕，自己的知识，此外一无可恃的人！像这种人，才会发生出自尊心来。

"啊，可是我很悲观。近来桑·德连寨的青年为了要想在公司或兵工厂谋职业，都丢了耒锄，把祖及父传下来的农业放弃了。这等人在被人雇佣的奴隶制度之下，就会失去独立的精神与自尊心。

"但是我也不欢喜一味悲观。我是个乐天主义者，相信人类会有无限的进化的。我确信：两三个大实业家如果有一日发展到了绝顶，其力必会被分配于民众，劳动者仍会用了从前同样的独立心与自由精神去从事劳动的。

"政治上也有着和这同样的步骤呢。初则小国家分立，及战争起，小国家乃被合并了成了大国家。大国家间的战争一经到了极度，于是就成立神圣联合的世界，各国家被统一于全人类之下，仍得各保其独立与自由。现在无论如何，已有国际经济会议的必要了。看吧，到你的子孙的时代，这神圣的人类世界必将实现哩。懂了吗？安利柯！"

二 独立自尊

舅父热心地继续说：

"安利柯，看啊，在这街上行走着的都是乡下人呢。真愉快，他们之中找不出一个醉汉。至多也不过走进咖啡店去，吃杯苹果酒或果汁，玩回纸牌而已。并且，除星期日外，咖啡店家家都关着门没有顾客，在六日之中，大家一心劳动，从办事处、兵工厂或渔业场回到家里，就一家团聚，在晚餐桌上快乐地饱餐，餐毕走出街上看海吸烟，一会儿就回去睡眠。在这街上，弹子房一所都不必有。让他们打弹子，他们宁喜欢看海。海是什么时候都美，它不论对于贫人或富人，不论对于有学问的或无学问的，都给予以同样的喜悦。

"也许就因这个缘故吧，自幼与海亲切的这土地的人们很知悉政治上社会上的事，感觉到自由独立的必要。所不好的，只是时时受恶新闻的教唆，被引起了不平，有使官厅不放心的事而已。官厅方面也太神经过敏，多方杞忧，常向我探问这里有无什么阴谋家或同盟团体。我总是如此答复他们：'……怎会有这样的人啊？这里并无暴徒。所有的都是能劳动有家室有田地的人。住着有家室田地而能劳动的人的处所，决不会有什么骚动的。这里的青年，原有在咖啡店里像议员学者般大谈其政治思想的，但一到了工作的场所或是回到了家里，就一切都忘了。这里的人们都是能依靠自力生活的实际家，有着正当的头脑，像书册上新闻上所写着的不稳的谈论，他们决不会轻信的。……'

"如何？安利柯，确是这样的！咿呀，我已说得太多了，说得太多了，但我所说的尽是真实的话，你不要忘却。

"我还有一件要教你明白的事。人无论学什么，可有三种方法：一是从书本去学，一是从他人的经验上去学，一是从自己的经验上去学。这三种方法之中，任择一种，都应有同样的结果，可是实际上却不然。从书本上得来的知识其价值如果比之铜币，那么从他人的经验得来的知识是银币，从自己的经验得来的知识是金币了。

"知道了吗？用自己的头脑思索，用自己的腕力积得经验的人，不但知道事物，且能作正确无误的判断。遇到有应做的事，就能着着进行，至于完成。这样的人才有真的自由，才能独立，才有自尊心，才能镇伏浮动之辈的干扰。可是，世间尽多轻浮躁率的人哩，他们并无从自己经验得来的知识，妄信了从书本上看来或从他人闻得的话，甚而至于对于毫无足重轻的事也组了团体来喧噪。结果什么都无把握，一哄而散。所谓轻浮者，所谓有眼的盲者，就是这种人。这种人无论集合了多少，一时怎样地气焰很盛，究竟只是乌合之众而已。我前次曾对你说过不要怕死的话。这种人才是怕死的卑怯者，他们对于正义的事，是无单独挺身而战的勇气的。"

三　高尚的精神

"如何？知道了吗？"舅父的话还继续着。

"我方才曾大大地称赞这里的人们，但如果遇到他们之中有人发谬误的言论或是做傲慢的行为，我是决不答应的。以前曾常常有过这样的事。却是真有趣啊！他们当初并不肯服从我的话，及试验失败，知道了自己不是，这才回转头来向我谢罪了。

"无论他人有着任何错误的见解，我决不利用自己的身份或社会的势力妄图威压。如果有人为我的地位或势力所威压而变更其见解，那不是真正的反省，只是卑怯的变节而已。

"有一次曾遇到很有趣的事哩。姑且当做例话来告诉你听吧：

"这街上现有着两个船公司，最初只有一个。其所做的生意，是运输就地货物或是送工人往兵工厂。生意很好，有时应付不及，船公司中的下级船员们乃成立了一个组合，集合小资本另造一艘小轮船，在公司的对门设店营业。计划实现以后，得步进步，愈想发展，又加造了一艘船。

"公司方面呢，当然不肯坐视，也另添买一船。于是，公司与组合之间大起竞争，船费大减，便宜的只是乘客。

"这原算不得什么，既然要做商业，当然免不了要竞争的。可是组合方面却说出这样的话来：'我们是劳动者，所以正义是属于我们的，快把公司的一切设置打破！'他们为了要达到这目的，来和我商量，要我帮助设法向政府求补助金，俾得打倒公司，发展组合。我愤怒了，对他们说：

"'什么话！我不愿帮助你们成傲慢者！'

"'我们是劳动者，劳动者是正义的。至于公司是以垄断利益为目的的。'组合的人说。

"这真是等于放屁的理由。我于是对他们这样说：'不错，你们是劳动者吧，这是好的。你们想不让资本家独占利益，这见解也可佩服。但公司方面也曾做着有益的事。如果没有那公司，公众的不便不消说，兵工厂的工人们就要不能上工去了。所以，政府的补助如果必要，理应组合与公司平等地同受。组合与公司互相协调了图社会一般的便利，这不才是真正的美的劳动者的精神吗？'

"被我这样一说，组合的人们很不乐意地回去了。后来觉得我的话不错，就重来道歉，要求我代陈政府。我和政府去说，政府也赞成我的意见，同时补助公司与组合。自此以后，公司与组合双方和好，现在平和地营业着。凡事一为感情所驱，把判断弄错误了，自己与他人就都会受到无限的损害的啰。"

四　历史的精神

"喂，安利柯，听了许多时候认真的话，也许已感到厌倦了吧。"舅父轻快地把语调一转，又继续说：

"话虽如此，你要想用了自己的眼去看实际的社会，用了自己的心去作正确的判断，非有我舅父的这精神不可啊。

"学校繁琐地把十代百代的历史教授学生，无非养成无益的知识而已。历史的真的精神，除了我舅父方才所告诉你的以外，更没有别的了。

"冗长的历史书中,什么某国国王在某处被杀咧,某年某月某种战争开始咧,继续若干年咧,战死者若干咧,某国取得若干赔款或领土咧,诸如此类的事,记得很多很多。不错,这样的事原曾有过,但因了这些,历史的精髓是无从知道的啰。

"徒然记忆了许多这样的事有什么用?要知道历史非有真的心不可,又非有正确判断的头脑不可。所以要成真的历史家,只读书是不行的。须练习把周围日常生活的事实用了自己的眼去看,用了自己的心去感受,用了自己的头脑去判断那自由正义的精神是在怎样地发展着。对于村中发生的一件琐屑的小事,能注意,能不为他人的意见所动,仔细观察,用了自己的心与头脑去批判,这就是将来成大历史家的准备哩。

"在成大历史家以前,非先成小历史家不可。能知一家的真的历史的人,才能知一国的真的历史。张三与李四的邻人相骂之中,实包含着拿破仑和英国拼命战争的萌芽啊!

"你如果能够写出自己一村的历史,那你就能给予道德宗教或政治以大教训了。这比之于徒事理论的学者的大著述,其价值不知要高得多少呢!"

第十

一 不知身份

第二个星期日，安利柯又和舅父去公园散步，在教会旁的石级上坐下。今日游人仍多，从港埠那面沿了墓场小道走着的，约有二三百人光景。有拽着母亲的小孩，有曲背白发的老人，有医生，有渔夫，有军人，有船员，有宪兵，有农夫，有侯爵，也有小富翁。

舅父熟视着他们，忽然不高兴了，唧咕地说：

"喂，安利柯，看那样儿啊！看那全不调和的丑态啊！"

"舅父，你说什么？"安利柯问。

"那服装啰。服装原须适合自己的职业或趣味才好，可是现今却和从前不同，只以模仿富者为事了。这种服装表现着虚伪的心，大家想把自己装扮成自己以上的人，多可笑！"

舅父继续说：

"喏，你看那边携着手在走的二少女，一个是渔夫的女儿，一个是洗衣作的女儿哩。她们却都穿着有丝结的摩洛哥皮的鞋子，真是像煞有介事！那种鞋子，如果在从前，只有侯爵夫人或博士夫人才穿的。

"啊，那边不是有一个贵妇人来了吗？你看，那个似乎俨然地着黑衣服的。其实,那是以搬运石灰为业的女扛驳夫哩。不管鞋子匠与裁缝师怎样地苦心,那种服装和那种女子是不相称的。服装的式样或色彩虽模仿了贵妇人,不能说就可适合于任何姿态或步调的女子的。

"那些少女的母亲的时代真好啊。那样华贵的长靴,天鹅绒或绸类一切不用,在朴素的木棉衣服上加以相称的围裙,宝石等类不消说是没有的,至多不过在头上插些石竹花而已。那种朴素而稳重的样儿,全像是一种雕刻,看去很是爽快。农家的女儿们,下级船员或渔夫的女儿们,心与形相一致的,真可爱哩。

"风气坏了的不但是女子,男子也成了伪善者了。我在这许多行人里面曾仔细留心,看有否戴从前劳动者所曾戴的帽子的,竟一个都找不出哩。在现在,连下级船员也把他们上代所戴的帽子加以轻蔑,都戴起饰有绢带的流行麦秆帽或高贵的巴拿马帽来。他们从前原是只要有粗朴的上衣一件就到处可去了,现在却饰着嵌宝石的袖纽,穿着有象牙雕刻纽扣的背心了。唉!昔时的壮健正直的船员们现在不知哪里去了!昔时的船员们,自有其和那被日光照黑了的脸色相调和的服装,无须漂亮的衬衫与领带。

"弥漫于现代的虚伪,不但造出了职业与服装的不调和。那些劳动者们大都已忘去了自己的美,伤了自己的德,一心想去模仿富豪博士或贵族。其中竟有从侯爵或博士讨得旧衣服,穿了来卖弄的青年,还有喜欢穿每年来此避暑的旅客们所弃去的旧衣服的孩子们。那样子多难看啊!他们把虚伪的现代社会整个地表现出来了。

"看啊!我这恰好合身的用汗换来的化斯蒂安织品的衣服,有素朴味的这仿麻纱的衬衫!这是我可以自豪的,这和从富豪身上取下的天鹅绒服,与任你怎样洗涤也有污点的向人讨来的绸衬衫,是全然不同的。近代人常做着平等主义的乐园的梦,其所谓乐园,只是女婢想希望有和伯爵夫人同等的服装。这种灭亡的平等观,是会把强壮与健康的自然美破坏的。

"但是,安利柯啊!裁缝与鞋匠虽造成了社会的虚伪,还不必十分动气,更有可怖的事哩。

"看啊,那些人们不但诅咒适合自身的服装,还以自己的身份职业为耻呢。这才是可怖的近代病啊!此风在大都会中日盛,且竟波及到这小小的桑·德连寨来了。

"安利柯!你将来如果选定了自己的职业,要釉职业自夸,决不可以自己社会的地位为羞耻。

"我旅行柏林,曾为意大利人感到大大的耻辱。那里的人们并没有我们意大利人一样的伶俐与懂得艺术,可是所有一切的阶级的人,对于自己的地位都有着一种矜夸。不论是电车上的车掌、马车上的马夫、小卒、店员,或清道夫,都不问其社会地位的高下,对于职业用了矜夸与自信,执行着自己的义务。在那里,谁都不看上方,但看下方,似乎夸说:'我才是了不得的人,'向上拈着髭须。

"可是在意大利却完全相反。意大利人只看上方,一味苦心于模仿上方自己没有一定的立足点,拈着髭须以自己的地位自负的人,到处都找不到意大利人所最擅长的就只是装无为有。做鞋匠的如果要想成为一个全街首屈一指的鞋匠,照理只须拼命努力就好了,可是他却一味想向世间夸耀自己不是鞋匠,即使只是星期日一日也好。到了积得些许的财产时,就想不叫自己的儿子再做鞋匠,至少想养成他为律师,为医生,为官吏了。所以,意大利人是想把自己的无能用虚伪来遮瞒的卑怯者。像这样的家伙,哪能一生不苦啊!

"要想把自己提高的向上心原是好的东西。但虚荣心与蔑视自己的职业的精神是可诅咒的。只要能完成自己的职务，在鞋匠就应以正直的鞋匠自夸，在农夫就应以正直的农夫自夸，在兵卒就应以正直的兵卒自夸，还应自夸是一个正直的人。决不会有想以平民冒充贵族或捐买爵位等下等的事。

"我有一个朋友，他到了五十岁，积得了财产，就去捐买爵位。对于那种人，我即不愿再交友了。平民出身有什么可耻？爵位在人有什么用？捐买了爵位，结果适足为真正的贵族所嘲笑，为平民所鄙贱而已。那样的人，和那因鄙夷父亲传下来的帽子一定要戴巴拿马帽的下级船员，及平日赤了足背石灰桶的女扛驳夫在粗蛮的足上套着贵族用的摩洛哥皮的鞋子一样。

"如果我真是伯爵或侯爵，那末对于这代表着国家一部分历史的爵位，也原不该引以为耻。我对于伯爵侯爵不艳羡，也不故意加以鄙薄，只是见了伯爵称伯爵，见了侯爵称侯爵而已。我决不想受非分的权利。

"安利柯！如果树根向上生长，鸟住在水里，鱼住在空中，将如何？可是，世间尽有这样的人哩，不知身份，也应有个分寸，我与其做那样不知身份的人，宁愿做穷人，宁愿做病人。穷人只要劳动就可得钱，病人只要养生就可治愈，至于不知身份的人，是无法救治的。"

舅父说到这里，安利柯不禁插口问：

"舅父，不知身份的人，世上确似乎很多。他们究竟有什么不好呢？"

"这吗？唔，喏，有个很好的实例在这里。"

舅父继续说出下面的话来：

"喏，那边走着两三个不知身份的人。我很知道他们的历史哩，你且听着!

"看那昂然阔步的青年吧,他不是戴着漂亮的黑帽子,穿着时髦的印度绸的裤子与华丽的背心,像煞一个绅士吗?无论他怎样地装作绅士,素性是一见就可知道的。那血红的领带与绿色的背心,多不调和?那闪闪发着光的表链也不是真金,是镀金的。指上虽亮晶晶地套得有两三个指环,当然也是赝物。

"喏,看啊,他带领了四五个跟随者,样子多少骄慢!那帽子大约值三十元吧,你看他脱下咧,戴上咧,已不知有几次了。他的用意似乎在引人去注目他,他以得到阔人的注意为荣。

"他是一家酒店里的儿子,其亲戚不是裸体的渔夫便是赤足行走的女子。他怕这些人们呼他为'侄子'、'从兄弟'或'舅父'。有一次,他与斯配契的富豪之子在街上同行,有亲戚和他招呼,他竟装作不相识的路人管自走过去了。

"他的父亲从一升半升酒里,积得若干钱,想把他培养成为律师,叫他入了赛尔兹那的法律学校。他毫不用功,一边却以博士自居,结果就被斥退了。于是,父亲又想使他成为教师,把他转学到斯配契的工业学校的预科去。在那里也连年落第,等到被学校斥退的时候,口上已生出髭须了。从此以后,学校的椅子在他就不及弹子房与咖啡店的有趣味。他什么都不知道,却要像煞有介事地谈什么政治,谈什么社会问题,喜欢发毫无条理的议论。

"有一次,那家伙曾在激进党的无聊报纸上发表一篇荒唐的文章,当地的不学无术的人们居然赞许他是个学者了。那样的家伙没有从事职业的腕力,至多只会在选举时做个替人呐喊者,或在乡间做个恶讼师而已。

"那家伙是不喜饮母亲手调的汤羹的人,是恐怕漂亮的裤子弄脏要用手巾拂了藤椅才坐的人。无论他怎样做作，自以为了不得，究竟是个卑贱无学的家伙，故遇事动辄埋怨富人与有教养者，把由自身的弱点而起的不平委过于社会，于是就俨然以革命家自许了。那情形宛如水中的鱼硬想住在室间，拼命挣扎着。如果那家伙不做这样愚举，弃去了虚荣心，去做一个身份相应的正直的下级船员、渔夫或农夫，还是幸福的……"

二 幸福在何处

舅父的话还未完毕：

"不知身份的实例，不但是男子，女子也有。喏，你看那在门旁立着的女人啊。她穿着黑缎的上衣，戴着加羽饰的漂亮的帽子。那家伙也是个不知身份的人。你看，她手上有指环，还有腕镯，胸前有金链子，还有金表，……那样儿宛如市上金首饰铺的陈列柜。她虽全身用贵重的金饰包着，可是没一件不是恶俗的流行品，她是个除了自傲、不自然、土俗以外，什么都没有的家伙。人在她旁边通过，那理发店中所用的香水的气息就扑鼻而来。她自己好像登入了象牙之塔，俯目看人，似乎不屑与人交谈的样子，常把口半开了不出一声哩。

"她在二十年前曾充作了领小孩的女婢，随某姓家属到南美的寥·格兰代地方为佣。在那里与一老翁结婚，五六年之后，丈夫死了，遗产由她承袭。如果于遗产以外能承袭得若干常识的教养，原是很好的，可是她却什么都不知道。她把她那肥胖的躯体装饰得如火鸡一般地华丽。回到故乡以后，不屑再与旧日伴侣来往，闯入贵妇人队中。可是她的出身是大家都知道的，见了她那竭力地装作有教养的样子,竭力地避去土语掺用葡萄牙语,……就是愚者也不禁要发笑起来哩。

"大家都称她为'男爵夫人阁下',这绰号含有着讽刺与怜悯。她并不是什么坏人,如果顾到了自己的身份,不忘掉往昔的地位,老老实实地与鱼肆的主妇们或下级船员的女儿们和睦交往,那么她必会被大家所爱护亲近,必能利用自己与财产来聚集一伙快乐的朋友吧。而且,从身份比她高的人们看来,也必会把她当做好人,好好地待她的。

"哪,安利柯!世间不知身份的人何其多啊!这种人都要寂寞地陷入不幸中去。如果自己能在力量相应、气质相应的职业上得到矜夸与悦乐,原是一旦就可转为幸福的,可是……

"他们不明自己的天职,又梦想着不当的幸福,所以只着眼于世间的外表,以为非有钱就不能快乐。所以,只要能有钱,就什么都可牺牲。如果不能赚到钱,至少也须装作有钱的样儿才爽快,这是何等浅见啊。

"哪,把富认作幸福的标准,这是大大的谬见啊。神的摄理并不如此。握了锹锄整年在日光下赤足劳动的人们中,也有非常幸福的人;拥有巨万之富的人们中,也有非常不幸的人。人常做一行怨一行,以为换了职业就可幸福,那是错的。人非在适合于己的地位境遇中是不会幸福的啊。

"譬如:一日都未曾劳动过的富者,不能领略终日流汗劳动着的樵夫的安闲。樵夫完了一日的劳作,在以空腹临晚饭的时候,是感到无上的幸福的。樵夫能熟睡到天明,而富翁之中却常有夜里睡不着的人。

"顺便在这里说给你听吧。凡不做筋肉劳动的人,是不知道人的尊严的。从事劳动,不但能使血液里的毒素由皮肤发散,并且连精神中所存的毒素也向外排除,使心情清快。精神中一经积有毒素,就会对人生悲观或给他人以恶感。

"人生最高贵的悦乐在有健康的内脏、强健的筋肉与爽快的精神。没有了这三者,一切道德的经济的幸福就都不能获得。所以,安逸的富人反不如贫穷的筋肉劳动者来得幸福。贫穷劳动者常能不寻求幸福而得幸福,富人到处寻求幸福反求不到。

"所以,人不可太富,但太贫了也要不得,不贫不富,从事于自己的职业即可生活的中等人最为适当。从来有名的道德家、高尚的伟人,差不多可以说都出于这阶级的。

"不要一味着眼于上方,模仿他人。能着眼于下方的,才是智者。住三层楼不如住二层楼的安全,住二层楼不如住平房的安全。地位低些不要紧。只要我所做的事比人优越就好了。安于二等鞋匠,不挂一等鞋匠的招牌,正直地来做一等鞋匠以上的工作:要这样的人,才真是尊严,真是聪明。也要这样,才能领略到人生的尊严的满足。这满足会在自己的周围造出悦乐与道德的健康的空气。对吗?安利柯!又,人无论是谁,在某一时候,在某一地方,在某一事务上,总会遇到立在人上的机会的。哪,只要顾到自己的身份,在适合的境遇中,用了爽快的心情去努力劳作,总有一日会遇到非此人莫属的机会。这样的人才能知道幸福。如果不知身份,不幸的心情就会愈弄愈深起来,这是很明白的事。那些不知身份的人们,日日想求幸福,其实,他们的希望正和雀的想生鹰,狐的想与狮子争百兽之王一样。"

舅父说到这里,忽然站起身来说:"啊,就快去吧。"

第十一

一 柠檬树与人生

又过了几日，舅父在自己的庭园里对安利柯这样说：

"安利柯！我爱大地，大地是万物之母，在万物是最后的朋友啊。大地把我们永远抱在那温暖的怀中。我在遗嘱上曾写着：'勿将我的遗骸火葬，给我埋在可爱的土中。'真的，如果你们不害怕，不厌憎，那么最好请给我埋在那株大柠檬树之下。我爱柠檬，尤其是那株柠檬，是我手植的，有着种种可纪念的事。初种的时候原是很小的一株，现在，你看，已经长得那么大了。坐在那树下，就觉芳香扑鼻哩。

"安利柯！爱好大地，种植树木，是非常有意味的事啊。譬如说，你现在种下一株苹果树去，将来树长得比你还大，长寿不凋，会用了树荫、花、果使你的子孙快乐。还会将你培植的苦心告诉你子孙知道哩。

"我崇拜大地，陶醉于大地之香。每当长晴以后，好雨袭来，树木顿吐艳绿与芳香的时候，我冒雨到室外去看，仿佛觉得树林里充满了美的诗，天地重回复到太初一般。

"我被大地的雄辩所动，有时竟有执了锹茫然许久的事。土是活的，其中盘着的无数草木之根，宛如生命的脉管。我能倾听大地的脉搏，辨悉大地的言语。大地把其希望或要求告诉我！有时说要饮水了，有时说要吃什么了。我用喷水壶把晶珠似的水灌溉，大地就快乐地吸入。我握了锄把永眠的土加以翻动，那土就在日光下跳起身来，吸收了新的生命，长出可爱的萌芽。

"大地把一切的东西都收受了去，为我们净化。化腐败物为养料，再化成可爱的蔷薇花瓣或葡萄的卷须。动物与人虽只管把污浊的排泄物散到地上，大地却有把此净化的神圣的功能。

"不但此也，大地于净化一切的不净物转成芳香与甘脂以外，还用了那绿的叶来使空气清净。在红尘万丈的都市中疲劳了的人们，一到乡间，入了大地的怀抱里，就会身心顿爽，恍如苏醒。只要一得这大地的健康的母亲的接吻，谁都能够恢复清新的感觉与纯洁的心情。

"试想啊，法兰西为德意志所败，曾担负过五十亿的巨额的赔款。战败国要支付五十亿的巨款，为什么不曾灭亡呢？这就是因为法国有着爱土地的农民的缘故。现在醉心都会的人们虽群趋入巴黎、马赛或里昂，但整几百万的农民却能爱着土地，为了爱和良心握着犁锄，所以法国是决不会灭亡的。

"但是，我们意大利怎样？意大利没有爱好这生命之母的大地的人。神所恩赐我们的最肥沃的土地，在许多世纪以来供给过我们面包与葡萄酒的土地，有谁在酷爱它啊！

"大地给予我们健康与诗，还不竭地供给财富。我们非酷爱土地不可。大地很宽大，常以百来偿一。

"安利柯！哪，你也来坐在这柠檬树下吧。真香啊！我在一切植物之中，爱有酸味的果木，尤爱柠檬。柠檬富于雅趣，有不断的生命之香，发育虽缓，生长力很是坚固，叶常绿，根叶花实无一部分不香。

"在植物性的酸味之中,最佳的就要推柠檬了。因为香味太好了,食用时颇令人感到奢侈哩。你如果夏季旅行到地中海沿岸一带,那才会知道新鲜柠檬的香味的可爱呢。

"柠檬还有许多优点。它终身开花,结着青的实与成熟的实,这是和别种果木不同的地方。别种果木每年只开花一次,结实一次,柠檬则终年毫不疲倦,不论何时都快活旺盛地饰着芳香的绿衣,垂着泼剌的实。如果我在出世以前,神问我:'你倘生而为树,你愿成什么树?'我必将这样回答:'我愿成柠檬树。'真的啰,我最爱柠檬!

"人的劳作和树的结实是一样的。人到能劳作,树到能结实,都要长期间的培养。树的培养叫做栽培,人的培养叫做教育。你今年十四,用树来比喻,已是快要开花的时期了。花为了结实的希望而开,希望就是立一生的计划的东西。

"人非立有一生的计划不可。无论立了怎样的大计划,在计划本身是无限量的。世间尽有在计划中过尽一生的人,这恰和只开花而不结实的草花一样。

"聪明的人对于未来立了大计划,把自己的思想精神全倾注在这计划里,又把全体的注意与热爱倾向于这方面。可是,像柠檬样的果木,尚且有果实未成熟而先萎的事情。这就因为没有使之成熟的力的缘故。

"所以,安利柯!你第一须有希望之花,这是使你的心闪耀的诗。第二,你非结完全成熟的果实不可,这相当于你完全实行你自己的计划。但只这样还不够,成就了一个计划就心安了,是暮气的人。你如果已成就了一事,还非实行其次的计划不可,恰如柠檬的次第结新实一样。能这样的人,无论何时都有着青年的欢喜、壮健的精神与快乐的觉悟。

"但是，终年结实繁多的柠檬也以春季开花最多。人在一生中虽常须开希望之花，但究以青年时所开的花为最美。所以，你须于青年时开出最美的花来，显现泼剌的力与芳香的精神。这力，这精神，就是将来结百倍之实，使你快慰的东西。

"说虽如此，你即使成了大人，成了老人，也非像柠檬的样子开新的花不可。一到老年就失去希望与诗的，是无用的人。人所开的花，芳洌彻于死后，其实又能亘千百年为多数人造福的。人生之花——是的，人生之诗，才是能使人快乐的东西。如果没有了这，人生就如枯木了。我们为了要结无限之实，须搜集宇宙之精华，不断地开发出新花来。"

二　一切的人都应是诗人

安利柯见舅父以柠檬为喻，来说人的一生，就说：

"舅父，你与其做船长，不如做诗人来得适当呢。"

"唔，唔。"舅父点了好几次头，继续说：

"人都应是诗人。人依了希望，有的为农夫，有的为渔夫，有的为工场工人，有的为船员，有的为机械师吧。但无论做何职业，如果其心非诗人之心，不能开出美的人生之花来。

"人之所以能流着汗，乐于从事辛苦的工作，就因为有美丽的人生之花在微笑相招的缘故。如果人生是秽浊的无希望的，人怎能有流了汗去辛苦工作的勇气啊？

"人类的历史可以说是诗的历史。诗是数千年来人人所曾歌咏的东西。在没有轮船、火车的时代，不，在比这更以前的远古，人类用着石器的时代，诗早曾被歌咏过。二三千年以前的诗，尽有传至今日的。五六百年前的诗，留传被讽咏者更不知多少。最好的诗，无论经过几百年也不会消失，仍被新时代的人所爱恋。

"诗亡，国也就亡。在国民最勇敢、最正直的时候，最是产生好诗的时候。我们国里从前曾有过诗人但丁。但丁是意大利的国粹。如果没有但丁，今日的意大利也许比现在更要堕落哩。但丁时代的意大利真是兴隆，当时世界文明的中心就是意大利啊！

"安利柯，我国非再出一个伟大的诗人不可。伟大的诗人有伟大的精神，他能歌咏国民的心与力，使全世界的人都受到光辉。

"为什么诗能兴国？就因为生命如能充满希望，必定生出诗来的缘故。人为重负所苦，抬不起头来，而前途又没有希望，这就不会产生诗了。

"但丁当时的意大利，冲破中世纪的暗黑昏沉的时代之烦恼，替人类寻出一道光明来。这就是文艺复兴。现在的意大利，无论从精神方面看，从经济方面看，都是很萎靡的国家。但像从前意大利人从非常的苦恼中唤起了大的力，给世界人心以光明的样子，我们也须再放一次世界的光来救援。

"所以我嘱咐你：对于一切事都不要灰心，抱了希望，积极勇猛前进。如果遇有困难，当认为新胜利的预告而期待其将来。又，在正当的事上，非做英雄豪杰不可。为了显现美的精神，当不畏一切。这样做去，你就会了悟诗能救国之故吧。"

舅父说到这里，就拱了手静默在沉思之中了。

第十二

一　伊普西隆耐的伟大行为

今日是与舅父决定到谛诺岛去远足的日子。安利柯特别早起，五时就离了床。

因为还觉睡意朦胧，安利柯就伸头窗外去吸受清凉的空气。见有一老人驼了背在汲池水浇灌柠檬及柑橘等类的果木。他把上衣、麦秆帽、手杖都放在露天椅上，一任晨风吹拂雪白的头发，很愉快地劳动着。

"咦！好奇怪的老人！"

安利柯再去细看那老人：虽无力地闪动着细小的眼睛，鼻子、颚、颊却很有神气，最觉得滑稽的是他的脸孔宛如地形模型：大皱纹、小皱纹、曲皱纹、直皱纹丛生在脸上，恰如用山河区划着国境一样。

"妙得很，那脸孔宛如用摩洛哥皮制出的。"安利柯正自出神，恰好舅父由窗下通过。安利柯叫说：

"舅父，早安！"

"唔，早安！"

安利柯就问舅父：

"舅父，那老人是谁？"

"他么？那是每天早上来替我浇灌庭园的。你起来太迟，所以还未见过他吧。他每日起来很早，我七时起床来看，他早已回去了。每日黎明他就悄悄地开了篱门进来，浇灌毕了，仍悄悄地关了篱门回去。真是一个好老人啊！咿呀，这老人，说起来还是意大利独立史上有功的人物哩！可是许多写《格里勃尔第传》的记者都把这老人的名字忘怀了。关于老人的话，今日就在远足途上说给你听吧。"

舅父这样说了，管自走到那方去。

半小时以后，安利柯与舅父乘了小舟，扬帆向谛诺岛进发。舅父衔了古旧的烟斗，和安利柯谈关于老人的事：

"老人生于桑·德连寨，本名叫做亚查利尼，世人却以伊普西隆耐的绰号唤他。在这儿，人大概都有绰号，没有绰号几乎认为是一种羞耻。老人的绰号有过有趣的故事：距今七十多年前，他当时在蒙塾里，对于字母X的发音不准确，读作'伊普赛'。于是先生、学生都揶揄他，替他取了一个'伊普西隆耐'的绰号。他颇以此绰号为辱，在最初曾以拳头对待，据说有一次竟打伤了同学的鼻子。

"直到现在，老人似乎还不忘这事，一提起绰号，常这样说：'船长，那时呼我绰号，我就要动怒！现在倒是呼我的本名，我反而不快了。'

"伊普西隆耐自幼捕鱼，据说，其祖先一向是渔夫。祖父与父亲都非常长寿，祖父活到九十五岁，父亲至九十三岁才死。

"老人述及自己的家系时，常这样说：'自我出世以来，我家只遇过二次不幸。一是一八一七年祖父的死，一是父亲如熟果坠落似的死去。我家以后将不会再遇不幸了。如果有，那就只是我的如熟果坠落的死了。'老人这样说时，嘴边常浮起寂寞的微笑。

"伊普西隆耐今年八十四岁了，很强健。去年尚能在强风中驾船到斯配契。最近因为他老妻不放心，非天气好，便不许他上船。

"这伊普西隆耐是救过爱国者格里勃尔第将军的生命的人！如果没有他，意大利也许还未独立吧。赖有老人救了格里勃尔第，奥斯托里亚人因被击退，波旁王党才被从耐普利逐出，意大利始有今日。

"你已读过匿查尼或马利阿的《格里勃尔第传》了吧。人皆知格里勃尔第离罗马后曾屡经危难，而知道伊普西隆耐曾救过他的事的却很少。现在我就把伊普西隆耐救格里勃尔第的故事来说给你听吧。

"那时，格里勃尔第将军处境极危险，如果一被奥斯托利亚①人捉住，就要立遭枪毙。警察、侦探、军队都在探访将军匿身的所在，将军因而不能安居罗马，有时扮作农夫，有时扮作船员，有时扮作普通平民，在志士们保护之下逃生。每至一处，多则居五六日，少则只四五小时而已。

"意大利的托斯卡那被奥斯托利亚军占领，将军就从那里逃出。可是不能到避难的目的地配蒙德，赖有少数志士的保护，匿身于蒯尔菲氏的别墅中。

"但这别墅也非安全之地，蒯尔菲为想在坡德·韦耐列方面找寻避难处，乃急忙先往勿洛尼卡。

"到了勿洛尼卡，遇志士旅馆主人彼得·格乔利，就托他找觅到配蒙德去的小舟。

"格乔利急赴配诺辟诺，由那里乘小舟渡过海峡到了爱尔培岛，更进行到卡斯德洛岬。伊普西隆耐恰好和他老父与许多渔夫在那里曳网捕鱼。

"格乔利于许多渔夫之中见伊普西隆耐器宇不凡，就前去恳切地说：'请你救救格里勃尔第将军！'

---

① 今通译为奥地利。

"渔夫伊普西隆耐慨然承诺：'好，如果有用得着我之处，什么都不辞！究竟要怎么才好？现在将军不是在托斯卡那吗？'

"'是啊，那真是危险的地方，非快瞒了敌人秘密逃到海岸，陪护他往配蒙德不可。如何？你能够尽些力吗？如果能够，我们就把将军送至勿洛尼卡或海上来接头吧。'

"伊普西隆耐见格乔利这样说，就大喜承诺，约定说：'好！那么后天星期日我在勿洛尼卡候着吧。'

"格乔利与伊普西隆耐再三约定，即回到本土。

"伊普西隆耐负了这样大的使命以后，自思将怎样才好。他觉得在没有鱼市的星期日出发是容易招疑的，乃改于星期六前往。从卡斯德尔至勿洛尼卡有二十五英里路的距离。

"他于星期六由卡斯德尔扬帆至勿洛尼卡登岸，就走到奥斯托利亚的代理领主那里，请订立每周售卖鲜鱼二次的契约。代理领主允诺其请求。伊普西隆耐私心窃喜，乃佯作不知，把谈话移向政治上去：

"'领主阁下，听说格里勃尔第将军已逃到培内伊了，你不知道吗？'他这样故布疑阵说。

"'咿呀，这是你听错了。方才有一中尉骑马走过，说格里勃尔第就出没在这附近一带，叫我要大大地防备呢。'领主说。

"伊普西隆耐佯作不知说：'啊！这样吗？那么将军似乎已身陷绝境了。'

"伊普西隆耐与领主订好了卖鱼的契约，自喜第一计已成，乃以渔夫而弄外交手腕，给一封信与格乔利说：'如要订立卖鱼的契约，明日请光临勿洛尼卡。'

"格乔利见信，第二日星期日就到勿洛尼卡。当晚，伊普西隆耐避了人眼，与爱国者格乔利同乘马车到蒯尔菲氏的别墅中。

"伊普西隆耐那时很饥饿,但以重任在身,只以一汤一鸡蛋、一片面包及一杯葡萄酒忍耐过去。

"那是一个热闷的八月的晚上,别墅里蛰居着许多忧伤憔悴激昂慷慨的国士们。忽闻有马蹄声,以为格里勃尔第来了,出外看时,见只是一匹空马在逃行。

"明晨格里勃尔第与列奇洛大尉一同来到。大尉足已负伤,却说要伴送将军到配蒙德。

"不久,伊普西隆耐便被召唤到了别墅的一室里。格里勃尔第将军穿着市民装,在青年们围绕中微笑着。将军见了伊普西隆耐的伟大的风采,亲切地说:'你就是肯载我去船上的首领吗?'

"'呃,是的。阁下!'

"'别称阁下,请呼我为格里勃尔第或朋友。'

"'那么,朋友,是的。'伊普西隆耐改了口回答。

"'你是何处人?'将军问。

"'是桑·德连寨人。'

"将军大喜:'哦,那么和我同乡呢。钱是带着的吧。'

"'呃,少许带着些。'

"'那么能够出发了吧。'

"'能够,阁下,不,朋友,我昨夜已在这里恭候了。今夜就出发吧,日间恐有不便。'

"'打算怎样走呢?'

"'今夜,请向卡拉·马尔谛那步行到海边。我当在那里预浮渔网的浮标。请以此为标记走近拢来。我当在附近恭候,就由那里下船吧。'

"约束既定,伊普西隆耐渔事完毕,就下了浮标,自九时起专心静候着。

"将军由列奇洛大尉及二三十个志士护送到海岸。这些都是决死之士，万一为敌所袭，宁愿自杀，不肯死于敌人之手的。他们所处的真是九死一生的危境。

"等格里勃尔第将军与列奇洛大尉安然下了小舟，送行的志士才慷慨激昂大呼将军万岁。那夜意大利的星辰在他们头上分外晶亮有光。

"满帆孕着东风的小舟，冲破了夜色，早行抵爱尔培岛的卡斯德洛岬。在那里小泊，购入了面包、葡萄酒等类，未明又扬帆前进。恐防岸上有敌人追来，把船向了格勃拉耶对海岸取着四十五英里的距离行驶，在星期二到了利鲍尔附近。于是伊普西隆耐问：

"'朋友，将怎样呢？'

"'一切全托付你，听你处置。'将军信赖地说。

"'我恐有人追袭，故先驶舟到这里暂停。万一遇有危险，那么就护朋友上港中的美国汽船。美国人必会欢迎朋友的，如果无甚危险，夜间再开船吧。'

"将军赞成伊普西隆耐的意见。当夜开出的小舟，于九月五日午后三时安抵坡德·韦耐列，大家竟悠然上陆。啊！这小港对于意大利的自由与文明，真是值得纪念的土地啊！"

二　美的感谢

"安利柯！"舅父用感慨无限的调子，仍把话继续下去。

"因了一渔夫的救助，在小港登陆的爱国者格里勃尔第将如何呢？将军抱住伊普西隆耐接吻，又伸手把袋中所有的金币取出，据说所有的金币只十个光景。

"'只这些了,请留作我感谢的纪念!'将军说着,把手中的金币交去。

"'不,朋友,请收着,因为你有需用的时候。'伊普西隆耐这样谢绝。

"将军茫然了一会,既而说:'那么,且请少留。'即在一纸片上把这次的功绩写了,交付伊普西隆耐。

"我曾在伊普西隆耐那里见过这纸片,把文字录在杂记册上。"

舅父说到此,就从衣袋中取出杂记册来翻给安利柯看。文字是这样写着:

船主保罗·亚查利尼君!你曾送我到安全的避难地。这不是为谋你自身的利益,完全为了我。

一八四九年九月五日

奇·格里勃尔第

书于坡德·韦耐列

"如何?安利柯!"舅父又继续说,"这是伊普西隆耐所得到的唯一的奖品哩。在日内瓦,曾有人愿以六百元买取,伊普西隆耐坚不肯卖。这是伊普西隆耐一家的高贵的纪念品。

"啊,对于大胆细心的渔夫伊普西隆耐,这纸片是多么意味深长的东西啊!

"据说,伊普西隆耐在船中曾做了盐渍鸡及鲉鱼等类的菜请将军吃,将军吃得很有滋味哩。

"'朋友,如何?'据说他请求对菜的批评。将军啧着舌头,这样回答:'真是难得的好菜!'

"老伊普西隆耐对着这纸片追怀前事,其心情将怎样啊!

"我再告诉你,这一小纸片不但是伊普西隆耐的大胆行为的纪念品。自那时起,他那向来兴盛的产业,不久就全消损了,他的老父与船伙被人当做抵押品捉去,好久不能放回。最后他只剩了一只小舟,过着穷苦的划船人的生活。那只小舟上记着'格里勃尔第的救助者,一八四九年九月五日'的文字。'格里勃尔第的救助者,一八四九年九月五日',这文字是何等伟大光荣啊!

"伊普西隆耐从来不以自己的功绩向意大利政府求赏。后来,他也喜欢常到勿拉斯卡谛去访问格里勃尔第,但决不要求金钱上的救济。

"我见这可怜的老人气力渐衰,且有儿女需要抚养,觉得非受补助金不可,就和格里勃尔第的弟子代勃列谛斯相商,在去年圣诞节给了他三百元的补助金。不久,代勃列谛斯死了,于是乃改与克利斯裨商议,请他继续给予补助金。

"关于伊普西隆耐,我还有非告诉你不可的事。

"伊普西隆耐现在每日早晨来替我浇灌庭园。这不是我托他如此,乃是他当做对于我些许好意与微劳的报答,来求我让他如此做的。

"我最初原不敢答应,既而见他很是难过,就不再反对,加以承受了。伊普西隆耐非常高兴地说:'多谢你!我已不能再握橹了,至于整理田圃或是浇灌,还能胜任。终日闲居非常之苦,就请让我做做吧!'

"我希望看伊普西隆耐每晨用喷筒浇灌的样儿,再看二十年。他以感谢的态度劳动着,那神态真是说不出的高尚。一个贫困的老渔夫,满腔崇高的心情无可发泄,不得已想借了浇灌来满足:这样深切的心情如加以拒绝,那也未免太残酷了!"

第十三

一 不幸的少年

安利柯有时驾船,有时垂钓,身体的健康逐渐恢复了。

钓鱼因了鱼的种类而异其饵。钓鲻鱼与鲷鱼,用面包屑干酪的混合物,钓别的鱼,则用蚯蚓或海中的蠕虫。

有一日,安利柯独坐在崖石上钓鱼。浪颇高,潮水是混浊的,钓着了四五尾鲻鱼与两三尾鲷鱼。

他专心一意地注视着浮标继续钓着,忽闻背后有喧扰的声音。这里平常总听不到人声,今日似乎有些两样呢。起初还以为是波浪冲击断崖的声音,既而细听,却是许多人的喧叫,一阵笑声,接着就是悲苦的哭泣声。

安利柯回转头去,见不穿衬衣的那个残废少年美尼清,正在被桑·德连寨的群孩侮弄。

美尼清是个十二岁的残废的小孩,在三四岁时,样子曾是很可爱的,后来忽然带了残疾。父母从此就不爱他,一味加以叱骂,甚至于这样骂他:"像你这样的家伙,活着也无用,还是快些给我死了好!"

美尼清不知道自己为何要受叱骂,他尚未知世间和家庭的事情,看到他家的小孩受父母抚抱，或受邻人吻，不禁就想哭出来。

美尼清的父母不肯给他食物，即使给他，那种东西也只有他会流着泪去吃。如果是别的小孩，一定是唾弃不顾的。发了霉的面包皮咧，快腐了的鱼咧，僵馒的无花果咧，谁要吃啊！

说起美尼清的衣服，那真不堪。他的衣服可以说全是破布片凑成的，并且没有人替他缝补，处处都是破洞，可以看见皮肉。

有一日，他的父母竟把他留下，离开桑·德连寨了。据说是到美洲谋生去的，将儿子留嘱伯母照管。

但父母到美洲去，在美尼清也许反是幸福，因为他的伯母德阿特拉不会像他父母一样打骂他。可是，父母去了以后，美尼清却常为恶少年们欺侮了。

恶少年们为什么欺侮美尼清的呢？因为他父母不在这里可以欺侮吗？还是因为他的走相愈大愈可笑的缘故？这可不知道。不过，美尼清横穿过空地时，恶少年们常要追逐在他的后面喧扰：

"虾来了！捉虾啊！捉虾啊！"

的确，美尼清像只虾，他那蹒跚的走步的样儿，既像虾在跳，又像蟹在横爬，其形状之奇怪真是罕见。

美尼清见恶少年们嘲弄他，常涨红了脸，既怒且惭，咬紧了牙齿急走；走得愈急，他的样儿愈像虾蟹。恶少年们也愈得了兴头，追逐着他，围绕了拦阻咧，故意碰撞咧，学他的举动，任情玩弄，不肯休止，除非偶然有正直的船员们路过，把他从这些恶少年中救出。

今日美尼清又照例地成为恶少年们的玩弄物了，恰好为安利柯所见。美尼清不像往日甘受玩弄，拾起石子向恶少年们投掷。恶少年中的一个首领突然扑向美尼清，美尼清"呀"地一声，已被他骑在胯下了。

安利柯目击这光景,他不能自持了,乃放下钓竿,飞跑到空地上,英雄似的怒喝道:

"滚开!卑怯的东西!"

被这一喝丧了胆,群狼似的围绕着的恶少年们把路让开了。安利柯蹴开了那首领者,和蔼地拍着美尼清的肩说:

"起来吧。"

一时吃了惊的恶少年们立即恢复了故态,齐声地叫喊:

"打!打!打这小家伙!"

安利柯扶起美尼清,捏了拳头向周围怒目而视,喝说:"来!"美尼清就在这当儿抱头鼠窜而去了。

"打!打!打这像煞有介事的小家伙!"

恶少年的党徒从四面集拢来了。他们扑向安利柯,把安利柯掀倒在地。安利柯翻起身来,捏了铁拳左右冲打,恶少年有的被打倒了,有的逃了。

可是恶少年的党徒很多,安利柯终于被扑倒了。安利柯倒在方才美尼清拾石块的地方,额碰在石块上,簌簌流出血来,仍不屈不挠地翻起身。

这时,大人们从四面跑拢来了。恶少年们这才苍蝇似的散去,安利柯孑然立在中央,因为眼中渗入了额上流下来的血,不能睁眼来看。

一会儿,药剂师和医师都跑来了。安利柯经他们给洗好创口,包扎绷带以后,就淡然无事,仍想去钓鱼。

"没有什么,请别向我舅舅谈起。我钓鱼去了。"他向医生这样说。

"请别去钓鱼了。风很大呢,受了风,创伤要拖延不愈的。还是我陪你回去。"医生劝阻他。

"丝毫没有什么。如果我不独自回去，舅父还以为我出了什么事哩。"

安利柯说了，向医生道谢毕，径自到断崖上收了钓竿与鱼篓，然后向舅父的别墅走去。

舅父这时想去看看安利柯钓鱼的光景，正从门口出来。见到安利柯帽下的绷带，急问："呀，怎么了？"

"没有什么。不小心从崖上跌下把额碰伤了。"安利柯淡然地回答，可是声音却不禁发颤。

"究竟怎么了？不要是大伤啊。"舅父很不安心地将安利柯的帽子除掉了看。

舅父取起帽子，即蹙了额道："和谁打过架了吗？啊！一定是那些恶少年。待我去收拾他们，你快进屋子去。"虽断续地说，却似非常激动的样子，匆匆走了。

安利柯想去劝阻舅父，可是等他回转头喊舅父时，舅父早已走远，头也不回一回。

安利柯走进屋子，在自己房中休息了一会儿，等心定下以后取镜自照，雪白的绷带上渗出紫色的血迹。这时候，恰好舅父足音很响地回来了。

舅父突然抱住了安利柯接吻，用感动的语调说：

"安利柯，你做了好事了。你的流血是第二次洗礼。你作为基督教信徒时曾在教会受过第一次洗礼，这次的洗礼是你已成为大人的证据。即使额上留了伤疤也不要紧，这是名誉的痕迹，是你崇高正直的行为的有名誉的纪念品。"

"舅父，我只做了非做不可的事罢咧。我只恨我勇气不足，力量不够。"安利柯这样说。

"好，你已做了正直的事了，用了全力做了正直的事了。别叹力量不够，最高尚的行为是超越理性而激发的。不顾任何的牺牲，炽烈地尽全力的行为，才是人生最可尊贵的。成功或不成功，这些都不是问题。该做的时候，勇往直前去做，这样的精神才是崇高的力量。见利而动的人，决不知道这崇高。你做了好事了，对于绝对的善，你曾奋起过了。"

舅父说时老眼中闪烁着两滴银亮的水珠。

二　不知恩

没有经过几日，安利柯的伤已痊愈了。

自从那日起，美尼清一次都未曾见到。"至少也应该来对我表示一句谢辞的吧。"安利柯这样私念着，空待了许多日子。

过了好久，安利柯在街上走着，见美尼清恰好从对面来。安利柯想看看他用什么态度对待自己。走近前去，哪里知道美尼清睬也不睬地管自走过了。"为什么呢？"安利柯兀自觉得寂寞起来。

"我曾为他尽过勇敢的爱的义务，路上相见，抱了我哭泣了来表感谢，不是人的应有的至情吗？"安利柯自己这样私忖。可是美尼清却连目礼都不作，"谢谢"都不说，垂着头假作不曾看见似的过去了。

安利柯的自负心大大地被损伤了。他不但曾把美尼清由恶少年群中救出，从那次的事情以后，始终不忘记美尼清。如果有机会，还想把自己的果物、穿旧的衣服送给美尼清呢。可是美尼清竟像连这很好的亲切心也不值一顾，管自走开了。

有一日，安利柯问舅父："美尼清一次都不到家里来吗？"

"哪里会来。"舅父冷淡地说。

"但是，偶然……"舅父似已明白安利柯的心情了，呵呵地发出笑来。

安利柯奇怪了，注视着舅父的脸。

"其实，连警察也该来向你道谢啰。"舅父说了又呵呵大笑。

"在那次以后，你遇到过美尼清了吧？他已向你道过谢意了吧？"舅父问。

"不，虽曾在路上见到他，他却装作不见，管自走过了。"安利柯回答。

"不要他道谢，不也好吗？只要自己做过好事不就好了吗？"舅父这样说。

"不，舅父，我那时并不存要他道谢的意思。从那时起，我觉得美尼清非常可爱，想有机会再帮帮他的忙。可是他竟完全不知道，为什么他不肯与我要好呢？"安利柯说。

"哦，这样吗？"舅父回答说，"这是很明白的啰。且听我告诉你。你有慈爱的父母，幼小时听到深情的摇篮曲，一向在爱抚中长大。但是在美尼清，出世以后不曾从人受过一句亲切的言语，也不曾听到过深情的摇篮曲，他所受过的只是虐待。所以美尼清的心就异常了，他不知道世间有所谓情的东西，总以为谁都不会用深情对待他。所以，虽然也许想对你道谢，却恐怕又遭到你的讥笑，就垂着头管自走避了。"

"那么，舅父，我就到美尼清家里去玩吧。我不知道为了什么，总觉得那孩子可爱。"安利柯说。

"唔。"舅父点头。"但还是不去的好。你如果去访他，他会怕羞不出来见你的。倒不如将他招到家里来玩，一同做些残废者也能做的游戏。因为在家里，无论他的形状怎样可笑，也没有笑他的人。"

"是……"安利柯也点头。

舅父又对安利柯这样说:"话虽如此,美尼清也许有着和那手足同样的不快的心情,无论你待他怎样好,在他也许不但不觉得可感,反而觉得可厌哩。所以,你决不可想从他得到感谢。但也不该对自己的行为失望。一件善行,能实行,在自己已是一种报酬了。望人感谢,等于放重利,是不好的根性啊。别人对于你的善行原应感谢,但自己对于别人有善行,决不该望人家的报答。自己只要帮助了弱者,把人从困苦中救出,替苦痛着的人拭了眼泪就好了。如果在这以上还想要求什么,那是有伤于自己的正义的。"

第十四

一 海波

　　安利柯熟览桑·德连寨的世间，看到了各种各样的人。而在近来，却常看见默然沉思着的人。有的茫然坐在崖上，看了海在默想；有的靠了崖坡，死也似的卧着在思忖什么；有的躺在沙滩上兀自沉想，不知日影的移动。

　　安利柯在默然沉思的人们的脸上，感到奇异的悲哀味。如果他们是诗人或是画家，也许可以说他们在追求什么无限的东西吧。可是他们都是肮脏的劳动者与老人，那当然是因为有着什么烦恼的缘故。于是，安利柯有一日问舅父：

　　"舅父，我常在崖上、坡上、沙滩上见到蹲卧了半日不响的默然沉思的人。他们大概是因为没有糊口的地方，才把光阴这样地消磨吧。"

　　舅父现出深思的神情这样说：

　　"不，不是因为没有糊口的地方啰。人这东西，只劳动是不够的。有时非无目的地思考，或茫然地望着海不可。

　　"我屡次航行外洋，到过许多国土，见到处都有沉思默想着的人，无论在非洲，在欧洲，在澳洲，在亚洲。有的坐在崖上目视着海，有的伫立在湖边树下。其中有年老的,有年轻的,有无学问的,也有诗人。

"无论是什么人,心里都不能无所思虑。不,与其说在思虑,倒不如说忘了自己在追求无限的东西。这在东洋叫做'冥想'。在牧场上,葡萄园中,森林中,常有冥想的人,可是海更是把人诱入于无限的东西。"

"舅父,为什么单调的海对于人有如此的引诱力呢?"安利柯问。

"这是有理由的。"舅父加以说明,"海渺渺无边,始终摇动着,这就够引诱人了。只要熟视着海,那手不能触目不能见的无限之感,就会把我们捉住。这心情是人所憧憬的。因为人有着超越斯世、追恋永远无限的世界的心……"

安利柯觉得不可思议,被舅父的话所吸引了。

舅父又继续说:

"人有着一个大要求。人不能满足于现在,对于无限,有着憧憬与畏惧敬虔之念。换句话说,人不能满足于一生,想求人以上的价值。这价值就成了理想,成了宗教,使人心归依。"

"舅父,什么叫宗教?我虽曾受过洗礼,但于宗教并未明白。宗教的种类很多哩,为什么人要造出这许多宗教?"安利柯不禁问起这样的事来。

"唔,宗教有种种的种类,这恰和世界上有种种的语言一样啰。人的语言,因国土而不同。但人却用了不同的语言,述说着同一的真理,追求着同一的理想呢。不论是基督教,或是佛教,或是回回教,形式虽尽不同,其实,在教会或寺院所持行的赞美歌、祈祷或念佛,都是以到同一的天上为目的的。

"海也是一个寺院。在海的面前,谁也不禁要抛去了矜夸之念,感到空寂而虔服的。因为海的彼岸似乎有万物之母住着的缘故，又似乎海是人的最后的故乡的缘故。

"如果把全世界咏海的诗搜集起来，就会成一册丰富的诗集吧。其中有杰出的伟大的诗，也有无知小孩在畏敬赞美之余所叫出的感伤的东西。因为在海的面前，人都成了诗人了。

"啊，这样的话不想再说了。说了不禁觉得寂寞起来。你还非做生活上的实际学问不可呢。

"从这窗口望去，见到的不但是海波。俯视那空地上，还可见到熙来攘往的人波。你看，这人的波一日到晚不曾停止。以后，就以'人生之波'为题，再来谈谈吧。"

二 人生之波

舅父就"人生之波"的话题，说出这样的话来：

"由这窗口望去，从那空地一直到街上，一日中往来着几千几万的人波。其中有各样的人，有秃头，有鬈发，有长汉，有矮子，……还有喜乐的、笑着的、怒着的、悲哀着的。这许多人的喧声，随着风像森林的涛声似的阵阵吹来。

"他们之中一个一个都不相同。你看，蓬了头的母亲拉着头发拳曲得如鸟巢的女儿才走过，接着旁边就现出白头老人与秃发者了。他们各有各的思想，各有各的希望，各有各的悲欢。仔细看去，不觉得像千波万波汇合杂流吗？在这人海之中，各个分子真可谓千差万别；但在日光之下，却都是同等侪伴哩。

"但是，看哪，在那边走着的可爱的小姑娘，到成为像在她旁边的满面皱纹的老媪，其间要经过许多的故事，演许多的悲剧与喜剧咧。

我虽说着这话,现在到了七十岁的年龄,摇篮时代的旧梦即使要回忆也回忆不来。七十年!我已在人生之波里游泳了七十年了。

"在街上走着的人,也都是在人生之波中游泳着的。其中有游泳得乏力了在半途溺死的人,也有一生尽力游泳已筋疲力尽的人,又有为不曾意料到的怒涛所袭,冤枉丧了生命的人。

"这样,人人都一边泳着人生之波,一边各自制造其自己的价值。有的受了悲哀的打击,不能复抬起头来;有的却能从怒涛下冲出,巧捷地继续游泳。由此看来,人竟好似为了制造自己的价值,投入人生之波去游泳的。

"怎样的人才最有价值呢?读破了千万卷书的人最有价值吗?不是,仅只读书是不能冲破人生之波的。由书卷得来的知识好比是行李一类的东西。如果头脑中塞满了这类东西,反不能轻捷地在活的人生之波里游泳了。

"要在活的人生之波里游泳,第一要紧的是健康的身体。把自己的身体弄壮健,是一生的活学问。第二要紧的是用自己的意志过活。世间尽有不用自己的意志,奴隶似的过其一生的人呢。第三要紧的是道德的价值。如果没有道德,到底不能排除人生的凶浪一直向前游泳的。在人的力中,最强的就是道德之力。身体的健康是一种力,意志的生活也是一种力,但是最伟大的是道德的力。无论身体怎样好,意志怎样强,如果这人无道德的力,他一遇到世间的凶浪就会手足痉挛,不能左右游泳的。世上像这样的人很多。真可怜啊!此外,还有一件可以产生人的价值的事,这就是思考。不能思考的是白痴,白痴就是大大的不道德啊。白痴者自己无正确的意志,是一味做着错误的行动的。人遇到非做不可的时候,要思考,想打胜袭来的人世的困难,也要思考。自己思考了,自己再把思考所得的用意志来坚持。人不如此，决不能得到活的知识。由道听途说或书本上得来的知识，在人世真正的实际竞争上决不是活的力。知道了吗？外来的智慧是不能生出人的价值的啊。"

三 知人

"但是，安利柯，还有更紧要的事。我刚才说过关于人的价值的话了，可是我们应该像普通说的'这人了不得'，'这人有些痴'，'这人是卑怯的家伙'，'这人是天才'……把人的价值来一一判断吗？"舅父说。

"是呢，世间尽有似小愚而实大智的人，也有似小智而实大愚的人咧。"安利柯回答。

"对呀，对呀。"舅父高兴地再把话说下去："对呀，对呀。人是不能用一句话来断定其价值的。哪，如果说那人受过洗礼，是真实的基督教信徒；那人招呼很谦恭，是个好人。这样轻率地判断，就会陷于大错。

"所以，对于人，能知道其价值是一种活学问。没有这活学问，结果就会被世间所欺，或竟至连累他人吃亏。

"要使一家店铺发展，做主人的非知道伙计不可。

"做裁判官的要行正当的裁判，非知道被告不可。

"做教师的要善导学生，非知道学生不可。

"做将军的要指挥军队，非知道士兵不可。

"做政治家的要治国，非知道国民的心不可。

"亚历山大帝深知其部下，故不曾被部下背叛，成了大功业。奇利亚斯·希柴因为不知道其臣下的性质，故终于陷入悲运。

"拿破仑所以能一时支配欧洲者,不仅因为他善战,实因为他能知道人。

"可是,世上常有因为不知人的缘故,致引起种种的不幸与大问题,不能现出自己的真正的价值。

"英国的商人以金钱来定人的价值如何。人的价值能视其所有的金钱之多寡而评定吗?"

舅父提出了质问,暂时停止谈话。

"金钱与财富不能评定人的价值。"安利柯答。

"为什么?"舅父反问。

"虽没有钱,高尚的人尽多,格里勃尔第贫穷得至于拿不出搭救自己的船夫的谢礼,却不愧是救援意大利的大人物。无论怎样有钱,如果徒行不义,不能救助一人,这种家伙是没有人的资格的。"安利柯答说。

"啊,你说得不错。但因此就说金钱可以不要,那是大错。如果不能以劳动取得金钱,营独立的生活,就成了卑屈的人。生活不能独立的人一定有着某种缺点:或是不竭力劳动,或是用钱太浪费,或是没有信用……到底什么原因不能一定,总之一定有着某种缺点。

"说虽如此,却不能用金钱来定人的价值。那么人的价值应该用什么来评定呢?"

"舅父方才不是教过我了吗?"安利柯说。

"唔,我曾教过你什么?"

"你说,人的价值在于用了健康的身体,自己的意志、道德及思考去生活。"

"唔,我曾这样地说过。要知道人的价值,非看透其健康、精神与才能不可。可是对于人,无论是谁,都容易犯一次见面就决定爱憎的毛病。最初的瞥见所产生的印象有时原很准确，有时却会意外地错误，非留心不可啊。

"像我这样容易动感情的人，对于他人往往有时一见面就以为可爱，有时一见面就以为可憎。我曾因此遭到大大的失败。一见面就以为这是个好人，马上判断其价值，于是并其道德才能也另眼看待。结果呢大遭失败，向来的亲切转为仇恨，友爱变成绝交了。反之，一见以为可憎的人，就只觉得他可憎，无论他有任何优点都不复看见了。我也常有这样事，哪知过了若干时候，发见最初认为可憎者，竟是高尚的有手腕有才能的人物哩。但恨自己误认，把好人交臂失之而已。

"所以，当评衡人的时候，要考虑了又考虑，静心地探索其真价值。那人乐着或是悲着，在顺境或在逆境，名誉素好或素坏，不要用这些条件轻率地判定其人的价值，应该进一步观察进一步推究。探索人的价值，可以作为研究社会研究历史的活练习。

"我们非把历史深究批评，认识其人物的真价值不可。在历史中，有把正人当做不正者而埋没的事，有把功劳者的功劳加以否认的事，也有把野心家不义者认做正人的事。完全理想的人物原是没有的。理想的人物只好树立于我们的心里。我们是把眼前的人和心内所树立的理想人物相比量，因其接近的程度来评定价值而已。所以我们又须有完全的理想。

"知道了吗？托里诺是你的先生，未曾教过你这样事吧。所谓先生，原是只会教理论，不能切近于实际的。

"说到实际的研究，种类很多。我今日所教你的是对于人的研究。从你那样的年龄起，把自己的朋友、附近的人们，好好地注意观察，将他们的长处短处，以及隐藏的善或恶的性质行为，细细探索，那么就会发生对为人的兴味与深厚的同情，而且对于人也就有所防备了。这样做去，你自会成一个精密的人心的鉴赏家。凡能够了解人生的尊贵的意味的人，能知道任何书本上所不曾载着的事。知人真是高贵的事。世间能知人的人实在太少，我对此颇觉得有些寂寞哩。你要想具有诗人、哲人及大人物的资格，非有能把人的长处善处锐敏感味的心不可。浅薄的独善者只知图自己的利益，忽略人心的尊贵的处所，把人生弄成无趣味的东西。要得人生的大喜悦，知人是非常重要的事。

"舅父所说的这话，你现在还未能切身体会吧。但等到舅父死去了，你成了大人的时候，仔细想去，必会恍然明白，觉得舅父的话紧要吧？那时请对了死去的舅父的叮咛表个谢意，……哪！"

第十五

一 真的职业须于儿时选择

有一日,舅父带了安利柯在林间散步。舅父平常总是善谈说的,这日不知在想什么,默然不语,只时时叹息,好像独自有所感触。

"舅父,你为什么这样叹息?"安利柯试问。

"唔,我正在想着一件重大的问题。"

"什么事?"

"人类这东西,只有着一件自由。任凭人类怎样夸大,究不能以自己的意志来处置自己的生死,人在什么时候要死,无法自知。我原还不算十分衰老,但从一方说来,也可说活到现在是侥幸的。不过,安利柯,人虽不能用自己的意志来支配自己的生死,但对于自己的职业,是有着选择的自由的啰。你将来想选择怎样的职业?"

"我选择职业,须在出了中学、出了大学以后。"安利柯回答。

"你父亲叫你将来干什么?"舅父又问。

"我父亲并未明白地告诉我。大约以为我年纪尚小,还谈不到此吧。"

舅父于是说:"咿呀,不是。小儿时代所想念的事,会影响一生哩。职业只要选择就好,这话虽合理,其实大误。少年的时候如果不先有考虑,年长以后会没有真正去思考的力量的。有人问牛顿:'何以能有如此的物理学上的大发现?'他天真烂漫地回答说:'因为我从儿时就有思考的习惯的缘故。'哪,儿童时代所发露的心的光明,是任何学力都不能换得的宝物啊!因循寡断地等待,倏忽已成老大,就不能以旺盛的精神勇猛前进了。啊,世间最没有易老如人的东西。如果要想一生不走错路,非从少年时定好进步的步骤不可。"

安利柯思忖了一会儿,突然向舅父这样说:"但是,舅父,所谓职业,不都是毫无趣味的东西吗?对于职业,没有一个不吃一行怨一行的。这样乏味的职业,我实不想选择。"

"你说没有一个不怨自己的职业?试问做什么职业的人在抱怨?"舅父不高兴地说。

"不是吗?我常听别人说过。市上的医生也曾这样说:'忙得终日没有休息,医生是奴隶中最苦的奴隶,还说一天到晚,连安心吃饭的工夫都没有,为病人与受伤者尽了力,毫不感谢;略不小心,医坏了还要受杀人的恶名。

"还有,我母亲的哥哥不是做律师的吗?那位舅父也叹说哩,说律师是窃盗一般的职业,一元钱也不是用正当的手段取得的。

"此外,做船长的,做技师的,做经纪人的,也都说乏味乏味呢。"

"安利柯!对于说那种话的家伙,你要当心!那些人们是没有真正思考的尊贵的精神的!"舅父绯红了脸,郑重地说:"对于自己的职业抱怨的人们之中,决不会有好人。如果他能认真地打量'人'的事,断不至鄙视自己的职业的。高尚的人都对于自己的职业感到兴味,尽力快乐地干着。凡是说自己的职业乏味可厌的人,生活的标准就根本错误了。"

舅父说到这里就默然了。安利柯想听听舅父关于生活的标准的意见，于是问："所谓生活标准的错误，是什么意思？"

二 错误的生活

安利柯问及错误的生活标准，舅父乘这机会，起身来说出下面的话：

"唔，对了，你好好听着！世间无聊的误解的人实在太多。他们一味思忖着干什么才可成富翁，干什么才可成名人，怎样才可不劳而成功。他们除了错误的事以外，什么都做不出来。

"他们不是在那里做自己认为非做不可的愿做的事，乃在那里看着自己的朋友或周围的人们，羡慕他人生活的舒适。觉得医生可以赚钱，就想做医生；觉得技师收入多了，就想做技师；觉得律师可以致富了，就想做律师。他们并没有什么真见解，只是在那里看人学样，流着馋涎而已。所以做了医生、做了技师、做了律师以后，如果不能满足预期的欲望，就要吐露愚痴的怨言了。

"世间有种种职业。有医生，也有教师，有画家，也有律师。可是误解的人们只打算医生、教师、画家与律师何者最为安乐易富，择其便利者为之。他们是不想自己的天分与使命的虚伪轻薄之徒。虚伪轻薄之徒对于自己职业当然不会有自信或矜夸的。对于自己的职业无自信与矜夸的徒辈，不但破坏自己的价值，并且是破坏国家实力的国贼哕！

"我们真要成高尚的人，非对于自己的职业有喜悦与矜夸不可。要对于自己的职业有喜悦与矜夸，非有做合于自己的天分与趣味的事业的决心不可。如果对于自己所做的事觉得无味可厌，那就是未曾仔细考虑去选择合于自己的职业的缘故。

"厌弃自己的职业,结果就会厌弃自己的生存;厌弃自己的生存的是精神的病人,决不是健全者。可是现在,世间不健全的人实在太多,已成了所谓'病的世纪'了。这实在就是养成人类不幸的一大原因啊。你非给人类以新的力与喜悦不可。要想给人类以新的力与喜悦,非先在自己的职业上自己找出无上的力与喜悦不可。

"这样看来,可知儿时的精神在职业选择上是很重要的。"

三 须自知

"安利柯!关于职业的选择,我们尚有更重要的事情非知道不可。"舅父继续热心地说。

"世间有一种可恶的名叫虚伪的东西。所谓虚伪者,就是欺妄。把毫无价值的事认作真实的有眼的盲者,就是虚伪的人。虚伪欺瞒的家伙,是不肯尽力尽心的寄生虫。

"可是,不自知的或不能作正直思考的人们,结果会成为欺瞒的虚伪者。他们不知道自己,不知道自己有多少力,有何种天分,该干什么。只是一味轻易地模仿他人,当然做不出有意义的事来。

"所以,希腊的贤人曾在代尔甫维的亚普罗殿门挂了'须自知'的匾额,用来警戒国民。因为不知道自己的人,一切都不能真实的缘故。因为不知道自己的人,都要说谎作伪的缘故。

"动辄热中、易起空想的人们,全然忘了自己,以为他人所能干的,自己也必能干。于是见他人赚钱了,自己也想赚钱;见他人成名了,自己也想成名。因为他们不知道自己,愈热中愈露破绽,结果只是一无所成,陷入不幸的深渊而已。

"知道自己,这无论对于自己的幸福,对于他人的幸福,都很重要。要想依照了理想进行，非先知道自己不可。不知自己一味蛮干，犹之无舵而行舟，不识路径而乱窜，结果终至与自己冲突，不但破灭了自己，还要大大地累及世间。

"所以，我们须知道自己的长处与短处，知道自己的义务与天分，决心去干与自己相应的事。我们要这样，就能成为健全的人物，还可以使世间也健全。

"哪，安利柯！所以你为了选择一生应走的方向，非用了全智慧全力量去周详考虑使无错误不可。一经决定了方向，无论他人在干什么，或是说什么话，决不可怀疑，要自信地勇猛前进。如果不能做到这地步，那就聪明人也成愚鲁，天才也无价值，猿猴也会从树上落坠下来。

"犹之登山或行远，到了某地方，路会有两条，有时且竟有分为三条或四条的。遇到这种分歧点的时候，就该打量究竟该取何道。如果茫然地冒昧走去，结果会走入无路可走的绝境，弄成进退维谷。

"如果是登山行远，损失原不过如此。可是人生之路是不能回复的，因选择的路不同，有的前途是绝望，有的前途是光荣，有的前途是贫困，有的前途是富裕，有的前途待着不德的恶名，有的前途待着美德的荣誉。我们该在其中选择那最好的走才是。但这要知道什么是自己应走的路才可以，要知道自己所应走的路，非先知道自己不可。

"啊啊，已说了不少了，就此终止吧。可是，安利柯，我有一件东西想给你。待你要回家去的时候给你吧。那是我所写的东西。

"我啊，我把自己多年的经验写下了，预备等儿子大了给他读。可是我还没有儿子，妻就死去了。我现在就把为儿子写下的东西送给你吧。一向好好地藏在抽屉里呢。这稿本一定可供你作参考。一读就明白,将来到要决定职业的时候,请给我从头再读一遍。"

"舅父,请把这稿本给我。我已改变了我的见解,很想读这稿本,获得健全的见解。"安利柯说。

第十六

一　书信

有一日，舅父正小孩似的快活地看各种变着色的柑橘类的果实，邮差递来了书信数封。

舅父坐在树下的石上，把书信一一开阅。小孩似的快活着的舅父顿时脸色转成忧愁，衰老的脸面愈加衰老了。

舅父把读过的书信藏入衣袋，寂寞地在庭间走着，既而又无力似的回到原处，坐在柠檬树下，寂然不动。

时候已快正午了。舅父不知在想什么，只是默然地低着头。

安利柯想引诱舅父快乐，微笑着走近前去。

"舅父，午后去散散步好吗？"

"唔，唔，唔……"舅父发出颤动的语声，只是用不快的眼光注视着安利柯。

"舅父，怎么了？"安利柯亲切地问。

"唔，唔……"舅父只是这样说，好像很伤感。安利柯不知道舅父为什么如此悲哀，天真烂漫地说："舅父，已正午了，吃了午餐就散步吧。"

舅父这才略舒了神情，"唔，唔，好。但怎么好呢？我想倒不如明日与你同到赛尔拉散步半日。"说着立起身来,深深地叹息。

"……啊。秋天了,已到了深秋了!"

天空高爽,木叶在风中鸟也似的飞去。枯叶的气味夹在柠檬香气里,一起冲到鼻间来。

舅父又深深地叹息了说:

"安利柯,秋天好啊。但在有了年纪的人,秋会使他沉思。我想到种种的事,美的,可悲的,都集在一处,进到我心上来。——呀,不错,安利柯,你父亲今日有信来了哩。你去把信读了,午后就写一篇比平日长些的日记如何?我今日不想散步,让我在庭间静思半日吧。"

安利柯虽觉得有些可怪,但当从舅父手中接到书信时,却是欢喜。待舅父就食桌去以前,拆开来看,信中是这样说:

安利柯:

听说你自从住在舅父家里受舅父照拂以来,身体的健康已完全恢复,现在很强健了。舅父来信曾这样说,市上的医生也说你和数月前已判若两人,可以依旧用功了。

父亲母亲都很欢喜,你真做了一件难得的事了。人无论干什么,第一要身体健康。你能争得这健康,就是一种大大的修业。

舅父很爱你。舅父没有舅母,也没有小孩,很喜欢你住在桑·德连寨。住在那里,在你原是叨扰,而在舅父则得了你,足以忘去长年来的寂寞,真是幼孩似的欢喜着呢。舅父又能把最好的事教给你。

但是,你既已恢复了健康,就非和这好舅父作别,回到父母这里来不可。父母为了等候这日子,与你分别很是长久了。

　　母亲听到你两三日内就可回来，真是高兴。我从未见到母亲有这样高兴过。你要和舅父分别，原舍不得，但为了要使母亲快活，非回来不可。

　　关于叫你回来的事，曾通知舅父，得其允许。你可向舅父表示衷心的感谢，就此回来。还要好好告诉舅父，使这善良而聪明的舅父安心。你年已不小，应该学习学习用言语表出自己心情的能力了。

　　要好好地与舅父道别，决不要使舅父失望啊。因为舅父来信嘱不要派人来接，你就独自回来吧。我们等你回来后，预备再到舅父那里道谢去。

　　安利柯读了这封信，胸中悸动了。既喜且悲，喜的是快可与父母在一起，悲的是就要与舅父分别。

二　当日的日记

　　午餐后，安利柯徘徊庭间，与五六个月来看惯的花木作别。午后三时光景才写这日的日记。午后三时就写日记，这原是第一次，依了舅父的吩咐，执起笔来，就想起种种的事，差不多写也写不尽。安利柯是这样写的：

十一月十日

　　一想到桑·德连寨的日记就只有这一日了，不禁依恋难堪。

　　真是突然，我总以为至少到圣诞节可以与舅父在一处的，不料今天父亲来信叫我回去。

　　今晨睡醒的时候，不，就是到了午前，也还不曾想到要回去的事。

第十六

所想到的只是在圣诞节前所要做的事而已。从现在到圣诞节还有四十日光景,在这期间,我在桑·德连寨还有许多事想做,还有许多事想请教舅父。我在小学校时,很喜欢读童话或历史故事等类的书,近来则兴趣转变了,喜欢查察植物与世间的事。很想在这四十日中最详细查察舅父庭间的植物与桑·德连寨的人物,做一篇长文寄给托里诺的先生看。如今中途停止,真是可惜。但我现在已知道准备是要经过许多时日的,啊,真是一日都不能放松。每日每日逐渐注意了查察,我知道会有一日可以达到大大的研究的目的。从今日起,我就对于任何事物都去深加注意观察、仔细思考吧。

如果我把《桑·德连寨的社会》与《舅父庭间的植物》二长文写了出来,将是怎样有趣味的东西啊。可是现在不及完成就要与舅父作别了。幸而我因了舅父的教导,已能够对于事物做种种观察与思考,这是何等可感谢的事啊。

我见舅父今日样子有些与平时不同,只是寂然地坐在柠檬树下沉思,就晓得必有什么不快的事发生了,很为不安。果然,父亲来了叫我回去的一封信。

舅父既没有舅母,又没有孩子。寂寞的舅父只把庭间的树木爱抚着。舅父的爱我,真是难以言语形容的了。舅父为了我,不惜竭其全心全力。有一次,我因替美尼清抱不平受了伤,舅父那样地为我喜愤交集,至于眼中迸出泪来。我真幸福,有这样的好舅父。有着这样好的舅父的少年,除我以外,全世界恐再找不出第二个了吧。舅父比从前教我的任何先生都伟大,我从舅父处听到了闻所未闻的教训。又,我听了舅父的教示,知道人的可尊贵,此后非自己成了有尊贵精神的人,使舅父欢喜不可。

今日正午,舅父从衣袋中把父亲的信递给我时,舅父的手曾颤抖着。舅父在海上生活过多年，他的手是经过海风锻炼过了的。我见到那顽健的手发颤的当儿，觉得舅父的柔爱的心将完全在手上颤动出来了。如果早知道那封信是父亲来叫我回去的，我会把舅父的手捧住了接吻吧。

我那时又看到舅父的眼睛。向来轮番流露威光与柔光的舅父的眼睛，那时曾昙暗着。如果我早知道了这理由，就会去抱住了舅父的项颈在那眼上接吻吧。

真就要与舅父离别了吗？一念及此，不觉流泪。但与爱我者分别的悲哀，可以唤起美的心情来的。我流了泪，断肠地觉到一种美的勇敢。同时在心中口叫说："舅父！我不得不别去了。但我将来必誓为正直的人，使舅父欢喜。舅父啊！请再活二十年！那时我三十五岁。在这期间内，舅父会知道今日的悲哀是一种尊贵的悲哀吧。

真的，我赖舅父的指导，知道人的尊贵的精神了。从今日起，我成个勇敢的人吧，成个真正的人吧，把心弄聪明吧，每日把三件善事来实行吧。

今日午餐未曾多吃东西。我因为怕要流泪，就比舅父早离开食桌到庭间去了。在庭间回绕了一周，把纪念很深的花木一一注视，和它们道"再会"。花木也似能领解人意，它们虽不说话，似乎也知惜别。它们并不哭泣，却似乎在对我说："我们永远在这里，请你再来。"

绕毕了庭园，我再开了栅门走到农夫所住的屋里去。我不曾对他们说就要回去的话，只把农夫夫妇及小孩的相貌熟视了好久，恐怕以后记不清楚。

我又从庭间取了番红花回到屋中，供在壁炉架上舅母遗骨的坛旁。在那时，我不禁深深地向那坛儿行礼了。

现在到晚餐还有一二小时，要想写的事尚很多，姑且当做临别纪念，到小丘上去看一会儿海上落日的景色吧。还有那些松树哩，也去和它们一别吧……

三 临别的散步

到了临别的前一日，安利柯与舅父散步到赛尔拉村去。赛尔拉是个高原的村落，可以俯瞰莱列契的街市，又可以望见广大的意大利全境的大部分。

眼下从檞树或橄榄林间，可以看见莱列契的古城，远眺则桑·德连寨如画。桑泰·马里亚、化可那拉或配特沙拉等的港湾咧，大大的斯配契湾咧，中央耸着宫殿的斯配契街市咧，鸟巢似的造船所咧，林木葱郁的巴尔可里亚咧，都被收入在望中，真是好风景。

澄碧的海湾在日光中荡漾着，似在与累累结着葡萄的原野及壮丽的市街的色彩争美。远方沉静的绿海中，浮动着巨大的海龟似的军舰与轮船，各种式样的帆船则在其间滑行。

安利柯都对着这风景神往了，既而差不多和舅父同声地叹息着说：

"好风景啊！"

舅父非常感动，向安利柯这样说：

"看哪，围绕着我们的自然与艺术多丰富！山与海的范围内的无数东西，不是原被无限的水平线包围着吗？我们也应有大自然似的大气量才对。

"看哪，那里有橄榄林，有葡萄园，有结着谷物的田野，……那些都是我们生活上所不能缺的东西。意大利人要想独立，就非这样地自己制作面包不可。

"再看哪,向那里。那里不是有堡垒吗?堡垒上备有大炮。还有,哪,铁甲舰在破浪行进。铁甲舰上的大炮如果一放,可以使整个市街化成灰烬。那堡垒与铁甲舰是守护祖国、防备敌人的侵袭的。国家为了独立与正义,非与外国战争不可。你也该与国家一样,武装了去抵抗不义或暴力。

"看哪,一直那面,不是朦胧地见到蛋白色的雾气吗?那就是所谓'水天仿佛青一色'的境界,是天与地连着的无限的彼岸了。啊,我们只靠面包与武器还不够,我们非向那无限的彼岸远望不可。使人崇高的就是这对于无限的憧憬。无限的憧憬,即是追求理想的心,即是求真、求善、求美、求神的心。如果人的事业只是面包与武器,那么人与动物相差也就有限了。

"你该追求伟大的理想。你该追求神而生存于高尚的信仰、希望与爱之中。生存于信仰、希望与爱的人,即是生存于正义、劳动与理想的人。怎样的人最伟大呢?最伟大的是生存于信仰、希望与爱的人,即生存于正义、劳动与理想的人。

"哪,安利柯。你有着敏感的高贵的心与正确思考的头脑,所以,你该会求正义,爱劳动,望见高高在头上的理想吧。"

安利柯默然听着舅父的话。舅父说话从未像今日的热烈过。一种莫可名状的力在安利柯心中俄然涌起了。

两人默然下了赛尔拉的高原,恰好,大炮的声音"嘭"地由斯配契那边传来。

"那是什么声音?"安利柯问舅父。

"那吗?……"舅父管自走着,既而提起了精神这样说:

"那是罗马的午炮,是正确的正午的信号。全意大利凡是有城寨的都会,到处都依了这午炮'嘭'地发声计时哩。每日由罗马把正确的正午告知各地的都会,全国都会放出那'嘭'的炮声来。罗马是永远的都城,是国家的心脏。这心脏的鼓动,把正确的时间传给国家全体的肢体。罗马的时间就是意大利全国的时间。我们的祖国只有一个心脏,但奉侍这心脏的肢体却无限地扩张着。

"安利柯,你该爱你的国家,你该爱意大利。意大利是世界最美的国土,我旅行过全世界,所以很知道。意大利在文艺复兴时曾把灿烂的文化惠及全欧洲。以后的意大利失去了可以教化全世界的东西了。但罗马的午炮在全国城市齐声轰鸣,好像在教我们重新再来教化世界。'好,我们大家起来,为全人类再创造意大利的文化。'我们就这样地回答这永远的都城吧,我们每日向这永远的都城这样叫说吧。"

舅父说着,脱了帽子向都城方面行礼,安利柯也随着脱帽行礼。

第十七

安利柯与舅父离别时,就从舅父接受了预约的原稿,因为不知写着些什么,在归途中急急阅读。果然,里面写着很好的话。安利柯不知道将怎样有益于己。这原稿本是舅父写了留给自己未来的孩子读的,现在却给了安利柯以真正的大教训。

舅父的原稿是这样地写着:

一 序言

这是"你须知自己"的歌。亚当因为不知道自己,触动神怒,被放逐出了乐园,与其妻夏娃踯躅于棕榈树下时,和了琴凄然唱的就是此歌。

二 关于职业

要正直!

须用了头脑想!

努力地劳动!

能正直,能好好地想,能努力地劳动,无论做什么职业,都不是可耻的。

※

无事不须劳力。

也无事没有利益。

※

但职业有好的也有坏的。所谓好的职业，就是适合于自己的职业；所谓坏的职业，就是不适合于自己的职业。

※

职业上有等级。

能使自己喜悦而于人有益的职业，等级最高。

※

拙劣的工作，不会结实。

※

无论任何职业中都潜藏着宝贝，执锄去掘，就能掘着。

※

无能与完全的劳动之间，其差无限。

※

能做出好鞋的鞋匠，比之于无能的律师、无智的大学教授或拙劣的医生，地位要高。

※

官署的好书记比之低能的上议院议员，价值不止百倍。

※

才能如不炼出，事业就无味，而且不能结出果来。

※

任何职业都有诗与理想。

低能者或坏人，无论干什么，会玷污其职业。

※

职业犹之林木，愈向上长，其职业愈崇高。

※

好的见解，要热衷于工作时才会发生。

※

观看他人所做的好的作品，是有益的，但须自己用功夫磨练自己的手腕。

※

有益于最大多数的职业，价值最高。

※

勿就不喜欢的职业。

就了某种职业，如果觉得不喜欢，难以忍耐，那么不如停止了改就别种职业的好。

※

错误的事，如果一味任它错误过去，错误就会愈弄愈大，结果会弄到手足无所措。

错误可以变成悔恨。

※

最不幸的，是对于自己的职业抱着不平的人。

最幸福的，是对于自己的职业有兴味的人。

三　农夫

身体精神都染了病的人，快去做五六年农夫吧。

人的堕落，与物的腐败一样。

物虽腐败，只要置诸土中，就能分解成清洁的植物的养料。人亦然，虽已堕落，只要与土亲近，就成清洁健全的人。

※

与土亲近，握着锄犁的农民，在人们中最为健康。纵有医学博士若干万人，也无术使国民成健康者。农民实比医学博士牢握着健康的秘诀。

※

罗马人原在罗马种田的。那时罗马人虽极少数，因有着它国人不能及的健康，能伸展其势力于地中海沿岸，竟支配了亚洲与欧洲。

后来，罗马人失掉了固有的健康，其大帝国也就陷入于灭亡之渊了。

※

健康的自耕农民，营着幸福的生活，……这样的国最强。

※

这样的人最美：

赤足踏土，皮肤被日光晒得赭黑，掘土下种，吸着从绿叶丛中吹来的风的农民。

这样的人最龌龊：

一日到晚，脸色苍白，坐在柜台旁，渴望有钱收入的神经衰弱的家伙！

※

乡下的泥土上，产生引导未来的哲人与诗人。

都会的尘埃中，产生使国家破灭的卖国奴。

※

美德与健康的农夫共生。

恶德随不健康的都会里的人运行。

※

大都会是人类的坟墓。

泥土是产生一切有用之物的母亲。

※

强烈的土的气息、麦叶的气息、森林的气息,是人的最好的药物。

※

绿野与青空,最有益于眼睛的卫生。生活于绿野与青空之间者,其眼睛自然好。

眼睛好的人,有着望见永远的心。

※

我的孩子啊!

你该祝福大地,和祝福你自己的诞辰一样。

※

如果农民饥不得食至于诅咒人生了,国家就要灭亡。

农民的饥饿与病弱,其罪在国家。这罪与盗贼及杀人无异。

※

有两只手就可糊口,只有农民是如此。世间还有比农民更强的吗?

※

农民是人类社会最初的劳动者,农民有着一切人类祖先的心。

※

一切东西出于泥土,复归于泥土。

艺术、道德、哲学,以及宫殿、纸币、食物、衣服,都从泥土来,也非终归于泥土不可。

※

朝阳最初的光,现在农民的头上;落日最后的微笑,映在农民的面上。

※

露的真珠,在农民的足下笑颤。太空是为农民而设的大浴缸。森林的风涛,小鸟的叫声及小虫的微吟,是天为农民特设的音乐。

※

农民虽不读诗集,却营着最好的诗人生活。

休息在垄畔树下,无思无虑地不觉日影之移动:这心境就是大诗人的心境。在这时候,"自然"在农民的心里呼吸着。

※

农民与最大的创造者亲近,朝夕与之共语。

天地的创造者亲自把秘密告诉农民,对他们说:种子该在何时下,肥料该怎样下,今年收成必好,收获该在何时。

农民又与宇宙间最伟大的东西为友,就是:与太阳光为友,与太空中波动的风为友,与倾盆的大雨为友,与廉纤的春雨为友,与孕育一切的大地为友。像这样光荣的人,此外还找得出吗?

但农民却自忘了这光荣,遇见什么伯爵、侯爵等类,竟至不敢说话。这是何等的矛盾啊。

※

生活无忧的自耕农最能享受自由与独立的幸福。

他们不必因为怕到办事处过了时刻,时时看表。

他们想休息一二日,也不必向上司提出请假书。

他们的主人是太阳与大地,太阳与大地从未叱责他们。他们疲劳了或是不高兴了，就可不待主人的许可横倒在草上，或回家去休息。想吸烟了，不论在陌头或在树下，都可以自由地吸，因为那里没有悬着"不准吸烟"的禁牌。

※

农民终日劳动，但在劳动之间，天然有间隔的休息。这休息期间的快乐，农民以外的任何人不能用钱买得的。

※

劳动的所以神圣，实因其有着自由与独立的精神的缘故。

但在资本家的工场中服务的劳动者，无自由也无独立，故工场劳动者在劳动上无神圣的自觉。

有自由与独立的精神的劳动者，只是农民。

※

只要一百日，不，只要十日已够。如果十日不从乡下送食物给都会，地球上若干亿的人们会在一日间死灭。人口调节的最后的手段就只这事。

※

都会把农民从土中获得的东西消费。都会中人们的消费食物，恰如把辛苦所得的农作品投入火炉一样。

都会的人们不劳而食，只是计划出虚荣、偏见或流行等种种恶事来欺骗农民。

※

人类最后的大战争，就是农村与都会的战争。

※

人类的希望由农民产生。人类最初的希望，是由播种子的农民，发见金色的禾穗的农民，发见葡萄的花的农民才生出来的。

这希望生长起来，于是才现出了人类一切的希望。

无希望就无理想，无宗教，也无神了。

※

梨子四月开白的花，次第生长，遂成硕大的果实。农民摘下果实，喜悦地放在掌上估量着重量。

这喜悦除了农民是不能想象的。

※

农民对了那庞然堆着的新麦，莞尔地观看，何等快乐啊。

这样丰富而美的欢喜，非农民不知道。

收获的麦，每粒每粒都闪着汗的光。

※

农民的同辈中，有园艺家，有牧畜者。

他们耕耘、剪枝、接木，或带了牛羊之群到空野去。他们的劳动是国家的源泉，他们是国家的中队长与大队长。

※

果实犹之乎人。

果实累累地青青地悬在树上，好像内中潜伏着英雄的小学校学生的头。园艺家就像小学校的先生，眺着各个果实，施以培养，培养成功了，把它们送到世间去。接木咧，剪枝咧，施肥咧，一旦所费的苦心生了效力，园艺家对了硕大的可爱的果实，心中真有说不出的欢喜。

※

园艺家用了自己的伎俩与勤劳收得了果实，把其中最良好的送给朋友与市场时，自己感到荣誉的矜夸。

他们把挑选剩下来的自己享用，……这是何等的谦让啊。

园艺家实有着这样的高尚的矜夸与谦让的美德。

※

园艺家由果树园走入菜园去,那里有生气蓬勃的菜蔬,行列整齐的生菜,深红如宝玉的番茄,从土中探首张望的芦笋,肚皮大大的南瓜:到处都呈现出各自的形状与色彩,膨胀着生命力。

这个,那个,都充满了水分,生意旺盛地吐出特有的香味。在这样的园中走着的园艺家,比坐在王侯的食桌上更幸福。

※

园艺家把自己种着的蔬菜,各当作人看着:

带苦味的苦瓜,犹之以警语来警戒世间的义人。

莴苣如优柔顺从的人。

石刁柏像早熟的少年,迅速地抽出鲜嫩的芽来,采摘稍迟就老硬不可口了。

番茄形状不甚好,香味也低劣,可是富于滋养分,其情形宛如农民。那赭赤的颜色,不就是农民的康健表象吗?

牵牛花开出鲜丽的花来,可是花瓣见日即萎,其果实毫无实用,恰如虚荣浪费把财产荡尽的女子。你把牵牛花的实剥出试嚼吧,气味真讨厌哩。虚荣的女子也如此,表面虽然漂亮,内部很可鄙。

南瓜如高慢的西班牙人。看去很庞大,其中只是水分与空洞。南瓜无论怎样重,摆在水里总是浮的。并且,它又像个不能独立自尊的人。试看,它不能独立,只是缠绕着附近的树木或棚架,伸张那与它有妨害的叶。它似乎很自傲地横行繁衍,但你只要用小刀在茎上轻轻一划,叶就立时萎死。庞大的南瓜也毫无忍耐力,把其空虚的躯体堕落到地上来了。

甜瓜虽略似南瓜,但不妨害别人,也不做空架子,很谨愿地伏在地上，把富有香味的大实隐在沟畔。用人来比喻，恰如一个寡言谨慎的人。

胡椒表面样子很可爱，但恰似个易怒而善作讽刺的人。

马铃薯一见如愚痴的哑子，但恰如一个在暗地里埋头营着平凡工作的劳动者。

菜菔原无什么伟大处，其茎根中藏着甘味与辣味，恰如世上非存在不可的平凡男子。

芜菁与菠棱菜，不加糖与酱油就没有什么味，恰似不知荣辱，不使人悲喜的平淡的人。

像这样地把植物一一与人比拟，其中还有像那挂起了博士官爵的头衔傲然俯临民众的向日葵。向日葵这家伙，其身份原是草类，却似乎俨然地装出了树的架子，戴了黄金的绶章，高矜地站着。其情形宛如以猿猴冒充帝王。它那神气虽这样高傲，其果实却没有用处，只配做鹦鹉的饵。

※

园艺家不但能从自己的果树园或菜园得到享乐，如果意大利有多数人去从事园艺，意大利就会立刻成为富国了。

如果读了我这文章，就是一个人也好，有人想去从事园艺，我的文章就不枉费了。又假使这位园艺家自己赚得了钱，在死去以前把其经验很有趣地写为一书，人们读了这书，就立志去做园艺家，更于自己的一生中获得赢利，我就愈感到满足了。又如果永远陆续有这样的新的园艺家出而努力，我将怎样地欢喜啊。

我们意大利阳光充足，土地肥沃的地方能出果实。但意大利种不出像法国的莓与甜瓜那样好的东西来。梨也不及英国。马铃薯呢，又不及德国。我们在这点上，对于法国、英国、德国，实有愧色。

非一雪此耻不可。

※

农民的同辈中，还有园丁。

较之于忘恩者、虚荣者或养成贪鄙的坏人的学校教师，培植出好花的园丁，不知要幸福多少。

园丁的工作在乎创造出美来。园丁日夜在想法使花开得美丽。园丁所最厌忌的是污物。园丁费了心力使人生美化。

像我这样过着海上生涯的人，可怀恋的第一是美丽的花。见到有好花放着馥郁的香气，我几乎会对了这地上的爱陶醉。造出这样好花的园丁，真是惠人不浅哩。

※

意大利可产全世界的美丽的花。

阿尔卑斯山有北极产的美花，东南部能产非洲的草花。又如冰河的龙胆，澳洲的"亚卡西亚"，喜望峰的"西斯"，都可在意大利种植。

如果我能施行一种魔术，使二分之一的意大利人成为农夫、园艺家或园丁，那么意大利不知将怎样美，怎样健康，怎样幸福啊！

※

能兼操数人的工作的完全的农民，大概都养着牛马或猪。

家畜专门的牧畜者与农民的幸福略有不同。以畜牧为业的人，在苍空之下，碧草原上，放着大群的牛羊，对于健康来说也是无上的职业。

牧畜者所需的知识技术不多，头脑不妨简单。到了积有经验，就能创造出优良的马牛或羊来，获巨万之富。大牧畜家可以开拓国家的大富源。

意大利尚有许多适于牧畜的草原，竟没有在这许多草原上去求无限之富的人。现在最优良的牛马或羊,不是产生在阿尔卑斯吗?

※

古来牧者曾做过王者。现在印度地方,还把牧者一语做着最名誉的称呼。

※

如果想知道牧畜者的盛况,只要到南美洲去一看就明白。

在阿尔普丁共和国,广阔的牧场上有饲着数万匹牛马或羊的大牧畜家。那真可谓壮观了。说到大牧畜家的富,更是可惊。

※

可是,我的孩子啊!

如此快乐的农民、园艺家或园丁与牧畜者,也不能全没有烦恼与困难。任何职业都附带着危险和困难。

他们有暴风与饥馑的烦恼。农民的大损害,是保险公司或拓殖银行所不能赔偿的。

如果害虫一起,更不得了。农民与园艺家非毕生与虫害奋斗不可。

此外还有一件,经济上的打击,往往能使农民与园艺家等受苦。如果市价暴落或是敌不过外国输入品,那么,一年辛苦的收获,不得不流了泪贱价售给人家。

咿呀,此外还有一件更大的灾难哩。这就是发生于农民间的都会病。如果农民觉得劳苦了得不到相当的利益,倦于耕种,梦想着繁华的都会生活,那就不堪设想。这时,颓废与疲敝会吞没农民的灵魂。

能和此等的危险困难奋斗而得胜利者,是国家之宝。农民如果畏惧此等危险与困难而罹了都会病,那么国家就非灭亡不可了。

四 船夫

我的孩子啊,

我把最好的事教给你吧。

上船去,

扬起了风帆,

行到无国境的大洋。

去!

这才是勇敢的男儿的事业。

去,把印度的金刚石,斯堪的那维亚的毛皮与美洲的糖带了回来。

上帝把大海给予勇敢的男子,说"可以此为家"。

去,听各国国民的言语!

去,从五大洲携了纪念物来,把村中装饰成一宫殿!

要成船夫,先须有勇敢的心志与强健的手足。

要有与怒涛抗衡的勇气。

要有强大的腕臂。

要能耐饥渴。

要有抵抗潮风的皮肤。

要能永久地沉默。

要能与危险奋斗。

要甘于咬嚼咸硬的腌鱼,比食雏鸡的肉还有味。

要惯耐寂寞,在单调的生活里也能发见欢喜。

去做目穷无限的水平线的生活吧。

如果不愿做被人使役的水手,那么去做船长就是。

做了船长，尽可领略发号施令的男性的喜悦。

只要部下爱戴，船长真是最崇高最荣誉的职位。坚毅勇敢，头脑正确的船长是船的王国中的理想的王。

愈是饱尝无限的孤独与寂寥的船员，愈有深刻的爱。

无限的苍空，无限的海波，能令人痛切地感到人生的微弱的悲哀。这悲哀才能引起沉默的冥想，养成深切的怜悯心与幽邈的思想。

片尘不染的清洁的大气，唯有乘船的"海洋之子"才能吸受。

从长期航海回来的人，才会用从衷心的涌出的情爱去抚抱小孩。

海上生活能令人性格坚强，品性加美，能令人养成勇气与宽大之德。

海上生活者才是真的现实主义者。因为他们所营的是不能预知何时有危险的生活，故能把安宁的今日最愉快地度过。

人在一生间如果能轮番地做农夫与水手的生活，那才能享受水陆二种的理想的悦乐。

我的孩子啊，你想：

在数年前，意大利的轮船数在欧洲曾占第二位。现在已突然不振，把许多海上权失去了。啊，意大利须从这不幸与耻辱中跃起，成一个联结东洋与西洋的大贸易国不可！

※

但海上生活者也不免有危险与烦恼。

不知何时要遭难的危险，身体的过劳！长久不能见亲爱的家属朋友与故国的苦痛！

我们若无战胜这危险与烦恼的勇气，意大利是不能得救的。

五 商人

　　不论是谁，多少都不免有些商人的意味。譬如：农民把所收获的出卖，学者把知识换钱，艺术家把其所造出的艺术品掉换面包。

※

　　可是，世间还不可不有以商业为专门的商人。世间有许多人生产了各种物品待售，而在一方面世人又有各种的需要。有的要想得产自边鄙的东西，有的想得舶来的外国货物。所谓商人，就是把各种各样的生产品分配给一般人，而在其劳力上取得利益的人们。

　　欲为一完全的好商人，须具有种种品德。

　　商人最要紧的是见机。商人要像猎犬一样具有锐敏的嗅觉，嗅到各方面的情形，莫失良机。

　　次之，商人须实行经济道德。不可贪不正的利益，不可因疏忽大意而遭损失。

　　商人又须坚忍。因了市面的变动，什么危险原都不能预料的。但即使处到逆境，也非有忍耐奋斗的预备与决心不可。

　　想积钱的，喜做都会生活的，喜干事务的，……这样的人适于选择商业。虽然做了商人，在百忙之中也仍可有玩味那静的喜悦与诗的机会的。

※

　　能发见新的财源是愉快的事，故商人一经嗅到新的赚钱的方案，就很兴奋，好像做将军的人感到必胜的预算时一样。

　　但一味热衷于赚钱，就容易流于专事投机，不能再做踏实的买卖了，这是一种不健全的事。

第十七

※

最初就投下大资本去干也好，但也须知道：今日的豪商在当初大都是从小资本逐渐扩张的。如果你没有正确的头脑与机敏的手腕，大资本也会消蚀净尽。

※

全世界最能营商的要推英国人。英国人会把其精神生活应用到商业上，真使人佩服。他们的商业占到全世界第一位，就由于此。是商人同时也是诗人。像这样的商人，唯英国人才有。

※

我们常有贱视商人的倾向，其实商业本身并不卑贱。无论什么职业，从事的人的心情如果卑贱，那职业就看去像卑贱了。正直高尚的商人所营的商业，实是高尚的职业。

※

我的孩子啊！

如果你自己觉得你的天职是商业，这是好的。你就好好地去做商人吧。

但，即使从事商业，至少每日要有一小时去追求诗歌艺术的理想！日夜孜孜于金钱，结果就会成了拜金狂，把心弄到干涸枯竭。没有情爱，也没有人所应有的感激，只认识金钱：像这样的人，才是可耻的东西。

※

商人还有一件非具备不可的，就是信用。商人无信用不能发展。正直营业，不卖劣货，是得信用的方法。

有一次，我在勃拉达非出面去经营商业不可了。那时替我筹划资本的某富豪不问我资本的有无，只问我说："你有信用吗？"

信用是如此重要的东西。

六 工业家

国家富强之源在工业的发展。

全世界最富的美国，工业非常发达。又，德国的工业的隆盛，真是可惊。

记起一件事来了，我曾听到科学者孟特克查教授说过这样的话。

教授充了意大利的特派员，于一八八五年之冬，出席柏林的学术会议。据说：有一夜，被延招参与德国皇太子的夜会，皇太子亲切地问教授道：

"到了柏林以后，有什么感想？"

"我于三十年前曾到过柏林，那时的柏林与现在的柏林，真有天壤之差，柏林的进步实在了不得！"教授答说。

"看得出有进步吗？"据说皇太子微笑着这样说。

"德国不但在武力上，在工业上也把法兰西征服了。"

皇太子见教授这样说，就说道：

"这胜利才是我们所用了全力期望着的。"

皇太子的话是对的。唯有工业最发达的国家，才能制服它国。

英国何尝不然，英国是现在世界的一等国，拥有一等的军舰。但英国之所以能为今日的英国，实由于工业的发达。

就这点说，意大利还是一个贫国。有一次，辟克萧氏主张把意大利的商品输出于印度，我问他道：

"究竟意大利有什么东西配卖给印度？"

我这样一问，他似乎穷于回答了，只说：

"是，今后原非大大地发展工业不可。在目下只不过是些蜡、火柴、油类与通心粉等类的东西罢了。"

试想,把火柴与油输贩于印度,能有若干利益呢?这样幼稚的事,只等于骗小孩子而已。

我的孩子啊!

你如果能备了最进步的机械,经营一大大的工场,我就不惜从心底里对你赞美。

敏捷的机轮在大工场的各处疾转,无数的职工依了指挥拼命地劳作,你如有一天处于这地位,你就是一大工场的王了。你可以成了生产与财富的支配者,昂头阔步,还可以把面包与慰安惠给劳动者,叫劳动者依了你的意志尽力劳动。世间还有比这愉快的事吗?

话虽如此,工业上也难免有打击,非预先觉悟不可的。

第一,工业的生产品非与外国货竞争不可。要战胜外国货,工场中自首领以至职工就须同心同德,用健全的头脑精神与手腕,协力劳动才行。一旦自己的出品不及外货,竞争就立刻失败,工场也就不能自存了。

次之要担心的,是输出国的市价的暴落。这原是时运使然,无可如何的事,但能平日出品精良,资本上有所积贮,就可减少恐慌了。

要之,大工场的主人须用了世界的知识,世界的精神,怀抱那制出世界首屈一指的出品的决心与努力才行。

七 艺术家

我的孩子啊!

你如果能成为一个艺术家,那是何等的幸福啊!

艺术家有的操了乐器,有的执了画笔,有的手执石膏或大理石,有的执了笔写小说或诗，都在找出自然与人生的秘密，与造物主相竞争。自然界把其秘密揭示于艺术家之前，使艺术家对了美生出狂喜，或笑或泣。人生也把其深的秘密报告给艺术家，使艺术家对之或奋，或笑，或泣。艺术家捕捉了自然与人生的秘密，写成绘画，做成音乐，或是做成文学，就会放永远之光，在人心中开出花来。"人生短促，艺术悠远。"诗人这话，确说得不错。

※

世界之中，有一种世界是任你怎样考虑劳作都不能满足的。人都自知有这一种世界。为了医疗这渴想，非在这人间世中现出新的感动不可。人对于美的东西，天然有赞仰之心，如果所见所闻都是丑恶，人就将不堪生存了。

把这新的感动与美的欢喜赠给人的，只有少数的天才艺术家。少数的人创造，多数的人加以赞美。

※

在世间唤起新的感动，造出美的东西，使人心惊喜赞美者，谓之艺术家。

艺术家所给予民众的利益，迥与学者或大将军的功绩不同。俗众纪念学者或大将军的功绩，不惜为之造像，而大艺术家的功绩，则往往使未来的时代人心里进出崇高的感激与赞叹。

艺术家所给予世间的美，高耀于义士所给予世间的正义。惊喜于美的叫声，愈胜过对于正义的嘈杂，人类才愈能向上。

我的孩子啊！

如果你能成为一个大艺术家，你会超越国境，被全人类祝福，为一切女性所礼赞吧。又，在你死后，仍会连续不断，在人心中发为不尽的光明而为人所喜悦吧。

※

我的孩子啊!

如果你想成一大艺术家,须具一大决心。

何以故?因为艺术家决不可流于凡庸。只是嗜好艺术,或仅有艺术上的天分,并不就可成艺术家的。艺术家非有伟大的感激与不屈不挠的大精神不可。不,大艺术家即在悲哀痛哭之际,也非能闻到天在他心里的呼声不可。天的呼声叫你做诗人,那么就做诗人;天的呼声叫你做雕刻家,那么就做雕刻家;又如果叫你做小说家或建筑家,那么你就做小说家或建筑家。你若不能排除一切艰难,向着燃烧似的美的爱好勇猛迈进,即从事了艺术,也无非只成为一个无聊画家、拙劣文士或江湖俳优而已。这样的人算不得艺术家,乃是最可怜的乞食艺人。

※

世间该有许多平凡的人,各自埋头营一部分的工作。他们虽平凡,却幸福而有益于世。但艺术如果平凡,那就无异于无益有害的赘疣,无法救治的不幸者,徒然消费的乞丐了。

※

艺术品不是实用品,是人间所断不可缺少的奢侈品。故为艺术家者,虽身处任何困境,仍须有奢侈逾王侯的气度。这所谓奢侈,并非卑贱不道德的奢侈,乃是陶醉于自然人生的美的高尚的奢侈。

平凡的艺术家恰如披金箔纸衣行乞的乞食者,或手无军队自以为王的夸大狂者。

亚当的子孙所罹的烦恼之中,最大的烦恼就在求享最大的奢侈,想得最优美的生活。

你须把这事加以深思。

※

有一个故事：

隆巴尔地曾有一个被大家期待为天才画家的青年。他往罗马学画，有一作品在罗马展览会当选。他自己及他的父母对于他的前途都怀抱无限的希望。谁知他的作品的当选反成为他的不幸之源。

他想成就为一个大艺术家，把其一家从贫困中救出。不料此后竟做不出比处女作稍好的作品来。也曾屡次出品，结果都不当选，所得到的只是嘲笑而已。

他没奈何就只好回到故乡去。这时，青春的大志已渐消失，徒然郁郁不得志地过着日子。社会大众已早无人顾及他的画了，大家都把他认作平凡无价值的画家。其实，把他认作平凡无价值的不但是社会大众，他自身也早已全失了自信力了。他常暗地里自怨自伤。

他苦心又苦心，想一雪耻辱，曾几次变更画风，改变色彩，做新的尝试。可是愈努力，作品愈不为人所欢迎。

他结果怀疑自己，烦恼愈增，神经大受刺激，至于不能安眠。却没有决然投去画笔改就别种职业的勇气。

他在欲望与绝望之苦痛间，辗转困闷，年纪也渐渐老大了。我很知道他的一切，晚年境况的零落与道德的颓废，几乎令人目不忍睹。

他动辄悲哭或愤怒，结果至于失去朋友与领略清静的喜悦的能力，荒颓的精神渐次剥夺他的身体上的健康，终于患了长久的脑病而死。

※

我的孩子啊！

你可知道在美术之都的巴黎有多少画家？巴黎现拥挤着八千个称作画家的人，其中女子三千，外国人三百。可是这八千人之中，能以自己的作品生活的只八十人。试看：巴黎现在的七千九百二十个画家，都是在恼恨与屈辱之中过活的天下的大不幸者。

※

你如果想投身于艺术，你须学习那在伟大的艺术品中所闪烁着的精神。不过，第一，你须自觉你自身的价值。这是从事任何职业都必要的。

决不可信任他人的口头赞语。但是，把作品去求高明的先辈批评，是很要紧的。如果那先辈不点头嘉许，你就该怀疑自己的天分。不过，他人虽不称许你，倘你自信你非从事艺术不可，那么你就该勇气百倍地更去努力制作。

如果鼓不起这勇气，那么你该自己断念于艺术家，速去寻觅适合于你的职业。世上尽有能力只配替碗店做花样，替商店绘广告，而徒然梦想着米开朗琪罗或拉斐尔，弄得一家难以糊口的人。你切不可像他们。那些家伙原是玷污神圣的艺术殿堂的诈欺商人，一生非在美望与怨恨之中苦闷地度过不可。

这种冒充的艺术家，世间很多。这些家伙往往自衣服以至头发都要装出特别的样子，口衔了烟斗，只管悠然地吸烟。这样的家伙何尝会知道正义人道。他们实是不知身份的天地间的废物。

※

我方才所说的是艺术家志望者的黑暗面。但既有黑暗面，一定还有光明面，艺术家的喜悦就在这光明的一面。

在常人所认为平凡的事物，从艺术家的眼中看去会看到不可思议的奇异的光辉。常人所绝望了的东西，艺术家能寻出无限的希望来。

真的艺术家能于黑暗中看出光明，于悲哀中看出力，于平淡中看出人间的奇宝，对之生起喜悦来。

真的艺术家能找出学者与富豪所不及见到的高尚的喜悦，使悲哀者得安慰，使绝望者奋起。真的艺术家把头脑上所不能思考的真理，以心感得，表现之于诗或绘画与音乐。

大艺术家的功用，宛如使枯野开花，使沙漠生水，使死者苏醒。

大艺术家感到了常人所不能感到的尊贵的东西，表现成作品时，自己也会发生出无限的惊奇来。有一个名叫费迦斯的希腊大雕刻家，据说当他雕刻成一丘比特的神像的时候，不禁自己跪下去礼拜哩。对于自己所做的工作，能有如此高尚的喜悦与尊敬者，只有大艺术家啊。

所以，国家无论怎样富强，如果没有伟大的艺术家，不久国民就会堕落，终而至于亡国。因无艺术而亡的国，不能给后世的国以何等的光明。艺术的光是永远不亡的，产生这光的喜悦为大艺术家所特有。

八　技师

技师也是有趣味的职业，能成就为一个相当的技师，就能过很舒服的生活，故想做技师的人很多。因之，平凡的技师在世间也就指不胜屈了。

技师的专门学是二学。要做技师须有特别的天分，只有常识是不够的，只是才能敏捷也还不够，非天生有设计与数学等的优秀天才不可。好的技师往往在幼时已能发挥其特长。他们在幼时已喜在杂记本上做设计，喜模造大炮唎、机关车唎、机械等的玩具，而数学的成绩常列最优等。这样的孩子,如果再有强健的身体与敏活的心，那么将来就不难成一技师了。

第十七

如果我能活到二三百岁，我颇想划出一世纪的四分之一就是二十五年来学成一个技师。

技师对于公众不知有多少的贡献。筑路，造桥，凿隧道，建工场，备机械，都要依赖技师。

技师能使地面改变形状。平山，割裂大陆，除去岛屿，排除湖水，穿山成孔，都是技师的事。技师富于地理学与地质学的知识，故裂山开河，都能胸有成竹而无错误。

技师做这样的工作不消污手流汗，只要有一支铅笔，就能完成大工程的设计。技师真是有趣味的职业，他能指挥许多工人，实现自己的计划，完成其大事业。

※

技师之中有种种人。

有的造蒸汽机，有的凿了苏伊士运河，把亚非二洲分离，缩短了欧洲与印度的距离。有的把南北美洲用巴拿马运河分割，使全世界的交通为之改观。还有飞行空中宛如乘船渡过大海的飞机的技师。

※

说到优良的技师，意大利原不少于别国。在意大利，土木技师不十分必要，而机械技师与矿山技师还大大地不够。现在机械技师都仰给于阿尔卑斯山那面的诸国，矿山技师也非雇用外人不可。这足见意大利人才的缺乏，诚是可耻的事。

※

你看，那从赛尔奇尼亚等地方收了方铅矿，制造铅、银与锑的配得尔沙莱工场，不是用着英国的技师吗？

在古昔，意大利曾有过达·芬奇、米开朗琪罗等样的人，他们是世界最伟大的美术家雕刻家,同时也是世界最伟大的技师。现在的意大利已不复有这样的人了。但他们是我们的祖先,我们非在同胞之中再产出这样的伟大人物不可。

※

完善的道路,壮丽的铁桥,宏大的隧道,一经造成,公众将怎样喜悦啊!至于造成这种大工程的技师,喜悦更在民众之上。

※

但技师当承担这种设计与工程时,尽可暗中做人所不知的不正行为。所以,要做真正的高尚技师,非有严正的道德的精神不可。把设计马虎些,原可多得包工的余利,一旦所建的工程因了暴风洪水或地震一败涂地,技师就要从世人受到道德的苛责了。

※

技师到了晚年,享乐着闲散的生活,如果见到自己所手成的桥梁、教会或会堂,将怎样地喜悦啊。学者的学说有时会不流行,政客的议论有时会消灭,而因了技师的设计所成就的建筑物或桥梁,常永远存留着。如果这些建筑物或桥梁再有浓郁的艺术美,又是何等的可乐的事啊。

※

技师在其屋内生活与户外生活相均衡的一点上,亦较别种职业为优。技师的生活,才是身体健康与精神健康二者相调和的生活。

技师在室内用点或线绘铁道的设计,或打建筑的图样。图案成就了,就到户外晒在日光下或做旅行生活。轮番过着用脑的屋内生活与投身大自然界的生活的技师,真可谓是有着幸福的健全生活的人了。

九 法律家

法律家的任务，在拥护天下的正义，惩斥不义，建国家于健全的道德的基础上。

但是，我的孩子啊！

你在从事研究法律之前，须自己三思。

为什么？因为法律家志望者中，像下面所说那样的人不少的缘故。

一般想学习法律的人，常误以为学法律不必要有特殊的才能与优秀的精神，只要有常识就够了。于是，不善数学的，不会绘画的，怕触着尸体的，没有为义而战的热情的家伙，都想去学法律。

※

法科大学好比是只垃圾桶，其中有蠢物，有没用的东西，有热衷于学位的没出息的纨绔子弟。咿呀，里面还夹有着那误认无聊职业为理想职业的愚鲁的优柔者。

学习法律的家伙中，大抵都是以月末取少许俸给为唯一希望的人，无才力胆量去营可以获利的商业的人，以及没有为自由正义而奋斗的勇气、却想钻营官僚的人。如果机会碰得凑巧，不消说也许可以占得相当的地位吧。

但垃圾桶中也许有可珍的东西，法律家中也会有少数好的人物。这就是自觉了自己的尊严，以国民的先导自任，而投身于法律的人们。

我的孩子啊！

如果你要为法律家，非做这样的人物不可。倘你自问没有雄飞的天分，那么清洁芳香的田野安闲生活，比之逼人的沉闷与腐臭的官衙空气不知要好到若干倍啊。

※

律师多的国家决不是好国家。

国民如果强健活泼,那么,他们应把矿工的斧、农夫的锄、机械师的两脚规看得比恶讼师的短笔头更重。

社会颓废疲敝了,寄生虫乃蠕蠕繁殖。一切的坏律师、恶事务员以及似靠放屁理由捏造不平的下等人,就都是寄生虫。他们把明白的法律弄得乌烟瘴气,把一件纠葛弄成许多纠葛,酿出无谓的麻烦与混乱。

对这样的社会,不禁令人起这样的祈求:"安得再出一个美的正义的代表如亚历山大大王者,把人类的错综纠纷一刀两断啊!"

扰乱正义的恶讼师一味想以蛛网来陷法律,用荆棘来刺正义。他们全然是蛇蝎,他们之中如果有一个生存在世,正义就永无出头的希望。

※

啊,我不觉言之过甚了。但这也就是我历来受过恶讼师的亏的报复啊。以下我还须平下气,就了法律学的正干——即是职业,来述说其长处与短处。

法律博士的文凭可以诱你起卑贱的野心,也可授予你辩护正义的最上的权利。

就是说,你可以做大理院长,在正邪的判决上取得王公与国会以上的权威;又可以做枢密院议长,掌握亚于国王的权力。

原来,法律家可以做任何的恶计划,也可以攀登任何的高官高位。

所以,你如果以爱护正义的精神,去做一个法学的名家,眼见世界可渐就光明了吧。又，既从法律学中知道了许多的方向，你的应取的方向也可明白无误了吧。

※

但法律上的方向，无论走哪一条，都须有用了明白的知识与强固的意志去实行的道德。不屈不挠的精神，是主张正义的法律家的生命。

法律家是宣告正义的神之使者。唯有这神圣的正义，才配普施洗礼于国民。

正义如高耸接天的岭上的雪，融化了为潺湲，为泉水，为溪流，最后成了河水，润泽田野。如果这小源有了毒，对于汲饮的人将怎样有害啊。

※

你如果自信真正有凛凛的勇气，那么就去学法律。你如果自信有替国家去作正义战斗的精神，那么就去学法律。

※

如果你有宏大的心与燃烧着的临危会爆裂的信实力，你就是高尚的人了。

你如果能这样，你就能无限地向上，恰如由平原登小丘，由小丘上山巅，再由山巅上天空。

※

决不要相信所谓新思想的美国式的冒充的东西。那是假扮真理的思想上的歇斯底里，"因为是新的所以是真理"，"今日的东西比昨日的东西还正"，……你切不要信任这样的教义。

人的良心中，有战胜一切的神的呼声。良心的呼声，决不因任何理论而推翻，纵有恶魔的大军，也不敢在它的面前活动。

※

法政学中，有种种可走的路。

如果你不惯于生活的怒涛急浪，喜求平稳无事，那么你可去棹舟小河，做清闲的官吏吧。

但如果你不怕疾风雷雨的袭来，富于辩才，那么去做法律家吧。

又，你如果对于正义觉到饥渴，对于正义的胜利感到无上的兴奋，那么你就去做裁判官吧。

你如果热爱国家，崇仰国史上历代爱国者的热血，留心于国家的命运与发展，研究不息，不自禁地奋起为国而战的义气，那么你就去做政治家吧。

但，你既选定了这政治家的方向，就该摈除私心，牺牲自己的幸福，抛弃了一切，投入自己的义务里。政敌来嘲骂你也好，来迫害你也好，你当全然不顾，一心去求良心的赞慰。凡是怕牺牲与殉教者，决不配做最伟大的政治家。

如果你想执了笔去论评政治上的问题，你不可不专心一念坚守着下面的话，这话就是："一曰正义！二曰正义！三曰正义！"

你如果能代表正义发挥为热血的文字，那么你的笔就能胜过千万把刀剑。

十　医生

你爱人，喜触人的身体，能不嫌避尸体的气味、痛苦的呻吟与可怕的创痕吗？

你能牺牲了自己的快乐，至于一小时都不得安闲吗？你能对于无知者的无礼的言语不动气吗？你能持续你救人痛苦的热心，不怕麻烦吗?

用得着你的时候被人尊敬,到了用不着的时候就谁也不再来顾到你,你能不厌于这样的职业吗?

如果你对于这些质问有摇头的勇气,那么,你去做医生就有了第一等的资格了。

※

你如果想做医生,那么,可先去寻一个附近的不大出风头的医生,打听打听医生的修业与生活的情形看。打听了以后,你再去自己反省。

※

医生对于你的质问,他会老老实实地这样回答你吧:

"在为医生以前,要解剖尸体,解剖腐臭的内脏,还要目击人类的悲惨绝望的光景,耳闻凄苦的呻吟。

"出了医学校以后,要成医学博士,还须加多方的努力,毫无所得地继续做长时间的研究。

"即使成了医学博士,也不见得就有好饭吃。

"医生宛如奴隶或佣仆。遇有出诊,不论在严冬的深夜或炎暑的夏日,都非前往不可。

"富者要批评说不周到,贫者要怨恨说敲竹杠。劳苦终年,也只得侥幸勉强可以不亏欠而已。

"医生想过裕如的生活,先须忍耐许多年月。如果在这期内一不小心,医错了病,就要破坏名誉至于无人请教。非换了码头再去重新受苦静守不可。

"待到给许多无知的司阍、侍者或厨夫的妻子治好了病,信用传到富者耳中的时候,别的新医生又来附近开业,和你抢生意了。医生真不是好做的职业。"

※

话虽如此，这却不是医生的全部真相。医生还有着别的一方面。

虽不有名，在乡下过着安闲生活的医生很多。而且这种医生，往往大家都爱护他，尊敬他。

患者之中原有忘恩负义的，但安适的医生常淡然若忘，可以从别的患者的深情的报答中得到慰藉。

这样的医生常很快活，能安睡，能吃，能笑。他因为欢喜与人谈话，村间的事，街上的事，都能明白。因之能对谁都亲切，能以深情去接待贫困的患者。

替人把病治好，原能被人欢喜。即遇到有不能治愈的患者，也可以真诚地给予安慰，减轻其苦痛。能如此好好地做去，决不会没有报偿的。

这样的善良的事，除了医生还有谁能做啊。

※

品性善良，能作正确的诊断与最灵捷的治疗的医生，是世间最幸福的人。

这样的医生恰和大诗人歌德所描写的博学者浮士德一样，能辨善恶，能退恶施善。

这样的医生是一切病苦者的救主。无论任何伟大的人物，在病苦时都非在他前面低头不可。王侯、贵人、富豪、大臣，一为病魔所袭，所依靠的就只有医生。富豪虽给医生以金钱，而医生却能给富豪以健康。健康的价值优于金钱百倍。

※

任凭你是王侯或富豪，在痛苦之下是一律平等的，在医生的面前，诚然是可怜的人，故不得不拱手呻吟求医生的救助。

第十七

※

　　这时，医生同情于人的悲苦，起了怜悯之情，把人的病苦引为自己唯一的责任。……这是何等崇高的精神啊。

※

　　遇到苦痛呻吟的垂死的病人时，善良的医生决不计较他人忘恩与否，也决不会想及报酬与利害等事。

※

　　善良的医生即对于临终的患者，也能寻出美的人生的花来。当天真烂漫的幼儿天使似的微笑而死时，当优美的女性表示美丽的感谢而瞑目时，在死者与生者之间，可参与那有永远之光的告别中去。

※

　　把富豪的病治愈了，令其多出谢资，再将这金钱用之于救济贫民。这就不失为高尚的人道的恩人了。

※

　　在自然科学的研究者中，最知道人的是医生。关于人的身心还有许多方面未被发见。如果能把这秘藏揭露，人类的苦痛不知还要减除多少啊。

※

　　我就从此搁笔吧。

　　我的孩子啊，你如果读了这篇文字，在其中感到了某物，须更自己反省，选择自己所应走的路，将来成一个对于自己的职业有矜夸的有用的人物啊。为了这祈愿，我才写下这篇文字的。

父白契记

※

　　白契再记：

前面的文字，原是我为未出世的孩子预先写下的，可是我却连一个孩子都没有。于是把这改给我的外甥安利柯。在上面的文字里，我还要附加几句话。

　　我在这文中，未曾就军人的职业说过什么话。这并不是我忘记写进去，也并不是我轻视军人。

　　关于军人，如果你要想知道，那么请把你读亚米契斯的《爱的教育》(《考莱》)时的感想回忆起来。在那本书上，对于军人曾怎样写着呢？亚米契斯在那本书上，曾描出了"人类文化完全发展时军人就不必要"的理想。